K.B005675

짐노페디를
듣는 이유

정 태 성 수필집 (13)

도서출판 코스모스

짐노페디를
듣는 이유

정태성

도서출판 코스모스

머리말

어릴 때부터 음악을 듣는 것을 좋아했습니다. 중고등학교 시절에 심야 라디오 방송에 귀를 기울이며 전파를 통해 들려오는 음악을 들었습니다. 대학에 가서 실내악단 동아리에 가입해 활동하기도 했습니다. 바이올린을 배우며 한층 음악에 더 가까워진 것 같습니다.

그러한 것들이 쌓여 이제는 음악이 제 생활의 일부분을 완전히 차지합니다. 매일 잠이 들기 전 음악을 들으며 하루를 마감합니다. 음악의 종류와 관계없이 그날그날 마음이 편해지는 음악을 들으며 힘들었던 하루를 정리합니다. 특히 마음이 아플 때 음악을 들으며 위로를 받습니다. 음악은 제 가슴에 스며들며 많은 위안을 건네줍니다.

제가 좋아하는 음악 중에서 몇 개를 골라 수필의 형식으로 글을 써 보았습니다. 아무 생각 없이 쓰기 시작했는데 음악을 들으며, 글을 쓰다 보니 마음에 평안이 생겼습니다.

　음악과 문학은 저의 마음의 동반자라는 생각이 듭니다. 항상 저의 옆에서 저의 가장 친한 친구가 되어 주니 고마울 뿐입니다. 이 글을 읽는 분들에게 조그마한 기쁨이라도 줄 수 있다면 더 이상 바랄 게 없을 것 같습니다.

　오늘도 하루를 마무리하며 음악을 듣고, 글을 쓰려고 합니다. 저에겐 이것만으로도 충분히 행복합니다.

2022. 4.

저 자

차례

차례

1. 짐노페디를 듣는 이유

하루일과를 모두 다 마치고 잠자리에 들기 전 음악을 잠깐이라도 듣고 잔다. 이제는 습관이 되어 음악을 듣고 나서야 잠이 오는 것 같다. 사실 음악을 잘 알지도 못하고 공부를 한 적도 없지만, 왠지 음악을 들으면 마음이 편하다. 음악의 종류도 가리지 않고 듣는다. 클래식, 한국 가요, 팝송, 유럽 및 남미 음악, 종교 음악 등 가리지 않고 그냥 다 듣는다. 예전엔 좋아하는 음악 위주로 반복해서 들었지만, 언제부턴가 마음을 열고 모든 종류의 음악을 다 듣는다. 아직 들어본 적 없는 것도 많고, 들어도 잘 알지도 못하지만, 그냥 음악을 들으며 마음을 쉬곤 한다.

예전부터 짐노페디를 좋아했다. 이 음악을 작곡한 사람은 에릭 사티인데 그리 많이 알려진 음악가는 아니지만, 그의 음악을 듣고 있으면 하루 동안 있었던 마음 심란했던 일들이 잊히곤 한다. 사티는 자신이 하고자 하는 많은 일에 실패를 했던 사람이었다. 그는 학교생활에도 염증을 느꼈고, 사랑도 실패를 했으며, 군대에서도 적응하지 못했다. 그에게 평생 따라다녔던 것은 지독한 가난과 외로움밖에 없었다. 그러던 어느 날 〈오래된 것들〉이라는 시를 읽고 영감을 얻어 이 곡을 작곡했다고 한다.

짐노페디를 듣고 있다 보면 이상하리만큼 그 음악에 끌리게 된다. 왜 그런 것일까? 사실 이 음악은 굉장히 단조롭다. 전혀 화려하지 않다. 많은 악기도 아니고 단순히 피아노 음악일 뿐이다. 클라이맥스도 별로 없고 드라마틱하지도 않다. 하지만 깊이가 있고 어떠한 향이 묻어 난다.

하루 종일 많은 일들을 처리하고 정신적으로도 힘든 일이 있는 날은 나도 모르게 짐노페디를 듣게 된다. 모든 것을 다 잊고 싶어서 그러는 것일까? 마음의 안정을 얻고 싶기 때문일까?

내가 짐노페디를 좋아하는 것은 아마도 편안함을 원해서 그런 것일지도 모른다. 모든 복잡한 것들을 잊어버리고 마음의 고요함을 무의식적으로 갈망하기 때문인 것 같기도 하다. 또한 따뜻한 위로를 받고 싶어 듣게 되는 것 같다. 피아노 소리밖에 없어서 그런지 모르지만, 단순히 살아가고 싶은 마음도 간절하다. 살아간다는 것은 별것이 없는데 왜 이리 복잡하고 힘든 일들은 계속되는 것일까? 모든 것을 내려놓고 그냥 물 흘러가는 대로 살아가는 것이 제일 좋은 것은 아닐까?

2. 마음과 마음을 연결해 주는

영화 〈미션〉에 보면 가브리엘 신부(제레미 아이언스)가 남미의 이구아스 폭포 근처에 사는 과라니족과 처음 마주쳤을 때 자신의 오보에를 꺼내 연주를 하게 된다. 외지인을 극도로 경계하는 원주민들이 가브리엘 신부 곁으로 무기를 들고 다가오지만 오보에의 연주에 원주민들은 가브리엘 신부에 대한 적대감을 내려놓고 그를 자신들의 마을로 데려간다.

가브리엘 신부와 원주민 간에 서로의 마음을 이어지게 만든 것은 바로 음악이었다. 말도 통하지 않고 그동안 살아왔던 서로의 문화와 관습, 그 모든 것이 달랐지만 가브리엘 신부의 진실된 마음은 음악을 통해 원주민들에게 전달이 되었고, 원주민들도 그 음악으로 인해 그들의 마음의 문을 열게 되었다.

그 후 가브리엘 신부는 원주민들을 위해 자신이 할 수 있는 모든 것을 다했고, 원주민들 또한 가브리엘 신부를 전적으로 믿고 따랐다. 그리고 그들은 죽음까지 운명을 같이 했다. 마음과 마음이 이어진다는 것은 바로 이러한 것을 말하는 것이 아닐까 싶다. 끝까지 서로를 믿고 의지하며 모든 것을 함께 하는 것이 진정한 사랑의 마음인 것 같다.

미션에서 사용된 〈가브리엘의 오보에〉는 지난 세기 최고의 영화음악가라 할 수 있는 엔리코 모리오네가 작곡한 것이다. 후에 가수 사라 브라이트만이 이 영화음악을 듣고 너무 감동을 받아 엔리코 모리오네에게 직접 부탁하여 가사를 붙인 노래를 불렀는데 그것이 〈넬라판타지아〉이다.

<Nella Fantasia>

Nella fantasia io vedo un mondo giusto,

Li tutti vivono in pace e in onesta.

Io sogno d'anime che sono sempre libere,

Come le nuvole che volano,

Pien' d'umanita in fondo all'anima.

Nella fantasia io vedo un mondo chiaro,

Li anche la notte e meno oscura.

Io sogno d'anime che sono sempre libere,

Come le nuvole che volano.

Nella fantasia esiste un vento caldo,

Che soffia sulle citta, come amico.

Io sogno d'anime che sono sempre libere,

Come le nuvole che volano,

Pien' d'umanita in fondo all'anima.

환상 속에서 정의로운 세상을 봅니다
그곳에선 모두가 평화롭고 정직하게 살아갑니다
항상 자유로운 영혼을 꿈꿉니다
날아가는 구름처럼
영혼의 밑바닥에 인간다움이 가득합니다
환상 속에서 맑은 세상을 봅니다
밤도 덜 어둡고
항상 자유로운 영혼을 꿈꿉니다
날아가는 구름처럼
환상 속에 따뜻한 바람이
친구로서 도리에 불고
항상 자유로운 영혼을 꿈꿉니다
날아가는 구름처럼
영혼의 밑바닥에는 인간다움이 가득합니다.

서로의 마음을 연결해 주는 것, 그것은 자신보다 상대를 먼저 생각하여 그들을 위해 진심을 다하고 자신의 모든 것을 줄 수 있어야 하는 것이 아닐까 싶다. 상대보다 나 자신을 먼저 생각한다면 이는 서로의 마음이 단단한 끈으로 연결되기는 어려울 것이다.

영화가 끝나고 마지막에 추기경은 다음과 같이 말한다.

"사제들은 죽고, 저만 살아 남았습니다. 하지만 실제로 죽은 건

저이고, 산 자는 그분들입니다. 그것은 언제나 그렇듯, 죽은 자의 정신은 산 자의 기억 속에 남아 있기 때문입니다."

3. 창문 밖으로 전해지는 음악

엉뚱한 시골 출신의 귀도는 도시로 올라와 호텔에서 일하다 우연히 도라를 만난다. 도라는 부자였고 이미 약혼자가 있었다. 그런 것에는 전혀 개의치 않았던 귀도, 도라가 약혼하는 날 귀도는 도라를 데리고 약혼식을 탈출하여 둘은 결혼하게 된다. 사랑은 그렇게 운명처럼 다가왔지만, 그들의 앞길에는 또 다른 운명이 놓여져 있었다. 귀여운 아들인 조수아가 태어나 다섯 살쯤 되었을 때, 유대인이었던 귀도는 어느 날 갑자기 군인들에 의해 조수아와 함께 수용소로 끌려간다. 사라진 남편과 아들을 찾으러 도라는 스스로 수용소의 기차에 몸을 싣는다.

그렇게 운명처럼 그들은 수용소에서 만나게 되지만 귀도와 조수아는 남자 수용소에, 도라는 여자 수용소에 수감되어 철조망 너머로밖에 서로의 존재를 인식할 수밖에 없었다. 귀도는 자신의 아들에게 희망을 주기 위해 그 모든 일이 일종의 게임이라고 말한다. 1,000점을 얻게 되면 끝나게 된다고 하면서 아들의 마음에 어두움이 드리우지 않도록 하기 위해 최선을 다한다.

하지만 자신의 죽음이 다가오는 것을 느낀 귀도는 어느 날 밤, 자신이 사랑하지만 더 이상 만날 수 없을 것 같은 도라에게 창문 밖으로 수용소의 커다란 스피커를 통해 음악을 들려준다. 귀도가 결혼하기 전 오페라를 보던 중 멀리 떨어져 있던 도라만 바라보며 자신이 원하던 사랑이 운명이길 바라면서 들었던 오펜바흐의 호프만의 이야기에 나오는 〈뱃노래〉였다.

창문 밖으로 들리는 그 노래에 잠자리에 들었던 도라는 침대에서 일어나 창문을 향해 다가간다. 귀도가 자신을 위하여 들려주는 음악이라는 것을 느끼는 도라, 하지만 그 음악은 이생에서 남편이 들려주는 마지막 음악이었다. 그들에게 사랑은 삶을 넘어선 예술처럼 영원한 것이었다.

다음날 귀도는 처형장으로 끌려가면서도 자신의 아들 조수아에게 자신이 게임상 얼마간 어디에 다녀와야 하니까 자신이 없는 동안 즐겁게 지금처럼 게임을 계속해서 점수를 얻어야 한다고 말한다. 귀도는 자신의 아들에게 어깨를 쫙 편 채로 씩씩한 모습만을 보여주며 처형장으로 향한다. 귀도는 그렇게 자신의 아내와 아들에게 희망을 선물로 주고 생을 마감한다. 그리고 얼마 후 수용소에는 미군의 탱크가 들어오게 되고 도라와 조수아는 유대인 수용소에서 생존할 수 있었다. 귀도는 비록 엉뚱하고 별로 내세울 것도 없는 사람이었지만, 삶은 힘들지만 아름답고 사랑은 삶을 넘어선 예술이라는 것을 몸소 보여주었다. 창문 밖으로 들리는 오펜바하의 음악은 귀도의 마음을 그가 가장 사랑하는 사람에게 전해주는 마지막 선물이었다.

4. 왜 마술피리일까?

모차르트의 오페라 마술피리에서 주인공인 왕자 타미노는 커다란 구렁이에 쫓기다가 밤의 여왕의 시녀들에게 구출되어 밤의 여왕을 만나게 된다. 여왕은 타미노에게 자라스트로의 성에 갇힌 공주 파미나를 구해 주면 둘이 결혼할 수 있게 해주겠다고 하며 마술피리를 건넨다. 타미노는 공주의 초상화를 보고 첫눈에 반해버리고 자라스트로에게 향한다. 자라스트로가 내놓은 시련을 타미노는 이 마술피리 덕분에 이겨낼 수 있었다. 타미노는 그렇게 공주인 파미나를 구해내지만 사실 자라스트로는 덕이 높은 인물이고 악의 화신인 밤의 여왕으로부터 공주 파미나를 보호하기 위해서였다.

사실 밤의 여왕은 그녀의 딸 파미나에게 칼을 주고 자라스트로를 살해하라고 한다. 만약 자신의 말을 듣지 않으면 딸과의 모든 인연을 끊어 버리겠다고 말하는데 이때 부르는 노래가 바로 그 유명한 "밤의 여왕 아리아"이다.

Der hoelle Rache kocht in meinem Herzen

Tod, und Verzweiflung,

Tod und Verzweiflung flammert um mich her

Fuehlt nicht durch dich, Sarastroh Todesschmerzen,

Sarastro Todesschmerzen,

so bist du meine Tochter nimmer mehr.

So bist du mein~ meine Tochter nimmer mehr~

A~ a~ a~

meine Tochter nimmer mehr~

A~a~a~

du bist meine Tochter nimmer mehr

Verstossen sei auf ewig, verlassen sei auf ewig, z

ertruemmert sei auf ewig!

alle Bande der Natur~

Verstossen! Verlassen! Und zertruemmert!

alle Bande der Natur...

alle~ a~ lle~

alle Bander der Natur!

Wenn nicht, durch dich, Sarastroh wird erblassen!

Hoert! Hoert! Hoert~! Rachegoette!

Hoert!~ der Muttersschwur!

지옥의 복수심 내 마음 속에
불타 오르고,

죽음과 절망이 내 주위에
불타 오른다.
네 손으로 자라스트로에게
죽음의 고통을 주지
않는다면 넌 더 이상
내 딸이 아니다.

너와 영원히 의절하겠다,
널 영원히 버리겠다,
피로 이어진 너와의 모든
인연을 영원히 끊고 말겠다,
네 손으로 자라스트로의
목숨을 빼앗지 않는다면.
들어라, 복수의 신들아,
이 어미의 맹세를 들어라!

　하지만 밤의 여왕의 복수는 실패로 끝나고 결국 그녀는 어둠의
세계로 추락하고 만다. 오페라에서는 마술 피리를 불게 되면 사
나운 동물이 춤을 추고, 악당이 착한 사람으로 변하게 된다. 이
피리가 있으면 불 속으로 걸어가도 괜찮고 거센 파도가 쳐도 문
제가 되지 않는다.
　왕자는 타미노는 공주 파미나를 위해 말을 하면 안 되는 침묵의

시련, 다시 만날 기약이 없는 작별의 시련, 불과 물을 통과하는 죽음의 시련 이 모두를 마술 피리 덕으로 이겨내고 둘은 같이 "우리는 음악의 힘으로 죽음의 어두운 밤을 헤쳐 나가리"라고 노래 부른다.

누구나 살아가다 보면 많은 시련을 계속 만나게 된다. 우리에게도 마술 피리가 있다면 얼마나 좋을까? 만약 그렇다면 어떤 일이 닥쳐와도 모두 이겨낼 수 있을 수 있으니 아무런 문제가 없을 것이다. 밤의 여왕이 타미노에게 마술 피리를 주었지만, 우리에게는 그 누가 마술 피리를 줄 수 있을까? 아무도 나에게 그러한 피리를 주지 않는다면 나 스스로 마술 피리라도 만들어 낼 수는 없을까? 밤이 지나면 새벽이 다가오기는 하지만 그래도 새벽까지 위해서라도 나 스스로 마술 피리를 준비할 필요는 있을 듯하다.

5. 복수는 복수를 낳을 뿐

 피에트로 마스카니는 1888년 밀라노의 음악 출판업자가 개최한 오페라 경연대회에 자신의 단막 오페라를 출품해서 우승하며 유명해진다. 이것이 바로 '카발레리아 루스티카나'이다.

 이 오페라는 이탈리아의 시칠리아를 배경으로 하는데 '카발레리아 루스티카나'는 시골 기사라는 뜻이다. 시칠리아의 시골 청년이었던 투리두는 군을 제대하고 자신의 고향인 시칠리아로 돌아온다. 약혼녀였던 롤라가 알피오와 결혼했다는 것을 알고 순진한 시골 처녀 산투차를 유혹한다. 롤라를 질투에 빠지게 하기 위해서였다. 롤라는 이에 다시 옛 애인이었던 투리두에게 접근하고 이를 알게 된 남편 알피오는 투리두에게 결투를 신청한다. 산투차와 어머니의 만류에도 불구하고 투리두는 알피오와의 결투에서 목숨을 잃게 된다. 시골 기사의 복수는 그렇게 허망하게 죽음으로 끝나버렸다.

 영화 〈대부3〉의 배경이 바로 시칠리아다. 주인공 마이클(알 파치노)는 커다란 성공을 거둔 후 자신의 사업을 합법화하려고 노력한다. 자신의 자식들에게는 깨끗한 가업을 물려주고 싶었고, 자신이 걸었던 길을 걷게 하고 싶지 않았다.

마이클의 아들인 앤서니는 성악을 전공하여 테너 가수가 된다. 그 후 시칠리아에 돌아와 오페라 하우스에서 '카발레리아 루스티카나'의 주인공 투리두로 출연하게 된다. 마이클의 딸인 메리는 아버지의 뜻대로 아름다운 처녀로 자랐고 마이클은 자신의 딸을 끔찍이도 사랑한다.

앤서니의 오페라 공연이 진행되는 날, 마이클의 온 가족은 모두 오페라 하우스에 모여 공연을 관람한다. 공연을 마치고 나오는 순간, 마이클의 조직과 파벌 싸움을 벌이던 상대 조직원이 마이클을 향해 총을 쏜다. 총알은 마이클뿐만 아니라 딸인 메리도 맞게 된다. 메리는 그 자리에서 즉사하고 이 모습을 지켜보던 마이클은 절규를 하며 오열한다. 자신이 가장 사랑하는 존재가 이 세상을 떠나게 된 것이다. 이때 흘러나오는 음악이 '카발레리아 루스티카나' 간주곡이다.

오페라의 주인공 투리두나 마이클이나 똑같은 운명의 길을 걸었음을 암시한다. 마이클 가문은 그들의 사업을 위해 많은 사람의 목숨을 빼앗았다. 이에 복수가 이어지고 그 복수에 또 다른 복수가 대대로 이어져 내려왔다. 결국 그 끝없는 복수에 자신이 가장 사랑하는 딸아이가 아무런 죄도 없이 목숨을 잃어야 했다.

증오는 증오를 낳고, 복수는 복수를 낳을 뿐이다. 폭력은 또 다른 폭력을 전쟁은 또 다른 전쟁을 부를 뿐이다. 아무리 상대의 맥을 끊어놓는 복수라 할지라도 그 끝은 다른 복수로 돌아올 뿐이다. 그러한 것을 멈추는 것은 정말 어려운 것일까? 언제까지 그러한 복수는 반복이 되어야 하는 걸까?

6. 행복했을까? 불행했을까?

20세기 최고의 샹송 가수인 에디트 피아프, 그녀의 삶은 진정 파란만장했다. 인생의 많은 아픔과 상처, 그리고 영광과 성공으로 가득 찼던 그녀의 삶은 우리에게 인생의 깊이를 생각하게 해 준다.

1915년 파리의 가난한 지역에서 태어난 에디트 피아프는 어릴 적 할머니 밑에서 자란다. 피아프의 어머니는 가난한 거리의 가수였는데 자신의 딸을 방치했고, 아버지는 군인이었다가 서커스 단원으로 일했지만, 경제적으로 무능했다. 알코올 중독자이자 포주였던 할머니였기에 피아프는 사창가에서 자라면서 제대로 된 사랑을 받지 못했다. 가난으로 인해 영양실조와 시력을 잃을 위기도 있었다.

10대가 돼서는 그녀 아버지의 강압으로 거리에서 노래를 부르며 돈을 벌어야 했다. 20세쯤에 파리의 골목에서 그녀가 부르는 노래를 우연히 들은 '자니즈'라는 카바레 사장에게 발탁되어 가수의 길로 들어서게 된다. 하지만 카바레 사장이 죽는 살인 사건에 말려들어 좌절의 길을 걷다가 레이몽 아쏘의 도움으로 재기하여 성공의 길을 걷는다. 특히 그녀와 평생의 벗이 되는 장 콕토를 만나며 20세기 최고의 프랑스 가수로 화려한 인생을 맞이한다.

〈La Vien Rose (장밋빛 인생)〉

Des yeux qui font baiser les miens,

Un rire qui se perd sur sa bouche,

Voila le portrait sans retouche

De l'homme auquel j'appartiens

Quand il me prend dans ses bras

Il me parle tout bas,

Je vois la vie en rose.

Il me dit des mots d'amour,

Des mots de tous les jours,

Et ca me fait quelque chose.

Il est entre dans mon coeur

Une part de bonheur

Dont je connais la cause.

C'est lui pour moi. Moi pour lui

Dans la vie,

Il me l'a dit, l'a jure pour la vie.

Et des que je l'apercois

Alors je sens en moi

Mon coeur qui bat

Des nuits d'amour a ne plus en finir

Un grand bonheur qui prend sa place

Des enuis des chagrins, des phases

Heureux, heureux a en mourir.

Quand il me prend dans ses bras

Il me parle tout bas,

Je vois la vie en rose.

Il me dit des mots d'amour,

Des mots de tous les jours,

Et ca me fait quelque chose.

Il est entre dans mon coeur

Une part de bonheur

Dont je connais la cause.

C'est toi pour moi. Moi pour toi

Dans la vie,

Il me l'a dit, l'a jure pour la vie.

Et des que je l'apercois

Alors je sens en moi

Mon coeur qui bat

나의 시선을 떨구게 하는 눈길과

그의 입가에서 사라지는 웃음
보세요, 처음 그대로의 초상화가 있어요
내가 마음을 바쳐 사랑한 한 남자의
그가 나를 품속에 안고
나지막하게 말할 때
나는 장밋빛 인생을 느껴요
그는 내게 사랑을 말하고
평범한 이야기도 해요
그리고 나에겐 그 모든 게 특별해요
그가 내 마음에 들어왔어요
행복의 한 조각처럼 말이에요
나는 그 이유를 알아요
그건 바로 그가 나를 위해,
내가 그를 위해 존재하기 때문이에요.
그가 내게 그렇게 말했고,
평생의 맹세를 했어요.
그리고, 난 그를 알아보자마자
나는 느꼈어요
두근대는 심장을
사랑으로 가득한 밤은 끝날 줄 모르고
넘치는 행복이 그 자리를 차지했어요
모든 걱정과 고통은 사라졌어요

행복해요, 행복해요 죽을 만큼

그가 나를 품속에 안고

나지막하게 말할 때

나는 장밋빛 인생을 느껴요

그는 내게 사랑을 말하고

평범한 이야기도 해요

그리고 나에겐 그 모든 게 특별해요

그가 내 마음에 들어왔어요

행복의 한 조각처럼 말이에요

나는 그 이유를 알아요

그건 바로 그가 나를 위해,

내가 그를 위해 존재하기 때문이에요.

그가 내게 그렇게 말했고,

평생의 맹세를 했어요.

그리고, 난 그를 알아보자마자

나는 느꼈어요

두근대는 심장을

　피아프는 가수로서 화려한 성공을 하지만, 어릴 적 제대로 된 사랑을 받고 자라지 못했기에 그녀는 성년이 되어서도 사랑을 할 줄도 받을 줄도 몰랐다. 여러 남자를 만났지만 진실된 사랑은 없었다.

그러다 공연을 위해 미국을 방문하던 중, 우연히 권투 선수인 마르셀 세르당을 만나게 되고, 그녀 인생에서 처음으로 진정한 사랑을 느끼게 된다. 하지만 마르셀은 아내와 아이 세 명이 있는 유부남이었다. 피아프와 마르셀에게는 시간도 그들 편이 아니었다. 둘이 제대로 된 추억을 남길 시간도 없이 마르셀은 비행기 추락 사고로 사망하게 된다. 이에 커다란 충격을 받은 피아프는 그녀 인생에서 가장 깊은 나락으로 떨어지는 고통을 겪게 된다.

⟨ Hymne A L'amour (사랑의 찬가)⟩

Le ciel bleu sur nous peut s'effondrer

Et la terre peut bien s'ecrouler

Peu m'importe si tu m'aimes

Je me fous du monde entier

Tant qu'l'amour inond'ra mes matins

Tant que mon corps fremira sous tes mains

Peu m'importent les problemes

Mon amour puisque tu m'aimes

J'irais jusqu'au bout du monde

Je me ferais teindre en blonde

Si tu me le demandais

J'irais decrocher la lune

J'irais voler la fortune

Si tu me le demandais

Je renierais ma patrie

Je renierais mes amis

Si tu me le demandais

On peut bien rire de moi

Je ferais n'importe quoi

Si tu me le demandais

Si un jour la vie t'arrache a moi

Si tu meurs que tu sois loin de moi

Peu m'importe si tu m'aimes

Car moi je mourrai aussi

Nous aurons pour nous l'eternite

Dans le bleu de toute l'immensite

Dans le ciel plus de problemes

Mon amour crois-tu qu'on s'aime

Dieu reunit ceux qui s'aiment

푸른 하늘이 우리들 위로 무너진다 해도
모든 대지가 허물어진다 해도
만약 당신이 나를 사랑해 주신다면
그런 것은 아무래도 좋아요
사랑이 매일 아침 내 마음에 넘쳐흐르고

내 몸이 당신의 손아래서 떨고 있는 한
세상 모든 것은 아무래도 좋아요
당신의 사랑이 있는 한
내게는 대단한 일도 아니고, 아무것도 아니에요
만약 당신이 나를 원하신다면
세상 끝까지라도 가겠어요.
금발로 머리를 물들이기라도 하겠어요.
만약 당신이 그렇게 원하신다면
하늘의 달을 따러, 보물을 훔치러 가겠어요.
만약 당신이 원하신다면
조국도 버리고, 친구도 버리겠어요.
만약 당신이 나를 사랑해 준다면
사람들이 아무리 비웃는다 해도
나는 무엇이건 해 내겠어요
만약 어느 날 갑자기
나와 당신의 인생이 갈라진다고 해도
만약 당신이 죽어서 먼 곳에 가 버린다 해도
당신이 나를 사랑한다면 내겐 아무 일도 아니에요
나 또한 당신과 함께 죽는 것이니까요
그리고 우리는 끝없는 푸르름 속에서
두 사람을 위한 영원함을 가지는 거예요.
이제 아무 문제도 없는 하늘 속에서…

우린 서로 사랑하고 있으니까요…

그렇게 사랑의 상처를 안은 채 자신보다 6살 연하인 이브 몽땅을 만나 연인이 되지만 마르셀에 의한 상처는 치유받지 못한다. 이브 몽땅은 '고엽'이라는 노래로 성공을 거두게 되고 또한 많은 영화에 출연을 하여 유명해지는데 이는 피아프의 후원의 힘이 사실상 크게 작용했다.

수많은 인생의 굴곡을 거쳐온 그녀는 술과 마약을 의지하며 살게 되고 나중에 교통사고로 인해 건강이 악화되어 47세라는 젊은 나이로 세상을 떠나게 된다. 그녀가 죽기 전에 부른 '후회하지 않아'라는 노래는 그녀의 삶을 간접적으로 이야기해 준다.

〈Non Je Ne Regrette Rien (후회하지 않아)〉

Non Je Ne Regrette Rien Non, Rien De Rien,

Ni Le Bien Qu'on M'a Fait, Ni Le Mal

Tout Ca M'est Bien Egal

Non, Rien De Rien, Non, Je Ne Regrette Rien

C'est Paye, Balaye, Oublie, Je Me Fous Du Passe

Avec Mes Souvenirs J'ai Allume Le Feu

Mes Shagrins, Mes Plaisirs,

Je N'ai Plus Besoin D'eux

Balaye Les Amours Avec Leurs Tremolos

Balaye Pour Toujours Je Reparas A Zero

Non, Rien De Rien, Non, Je Ne Regrette Rien

Ni Le Bien Qu'on M'a Fait, Ni Le Mal

Tout Ca M'est Bien Egal

Non, Rien De Rien, Non, Je Ne Regrette Rien

Car Ma Vie, Car Me Joies

Aujourd'hui Ca Commence Avec Toi

아니, 전혀, 난 아무 것도 후회하지 않아

좋은 일도 나쁜 일도 모두 마찬가지

아니, 전혀, 난 어떤 것에 대해서도 후회 없어

대가는 치렀고, 다 지난 일이고,

이젠 잊혀진 과거니까

과거는 신경 쓰지 않아,

내 추억에 대해서도 마찬가지

내 기쁨과 고통 모두를 불살라버리는 것은

더 이상 그것들이 필요치 않기 때문

내 사랑과 내 고민도 모두 쓸어내버렸어

난 처음부터 다시 시작하는 거야

아니, 전혀, 내게 후회라곤 없어

왜냐면 바로 오늘부터,
내 인생, 내 행복, 모든 것이
당신과 함께 시작되니까

　에디트 피아프는 자신의 삶에 대해 어떻게 느끼며 생을 마감했
을까? 자신의 노래를 사랑하는 수많은 사람들의 격찬과 환호 이
에 따른 영광은 그 누구보다 화려했음은 분명하다. 하지만 그녀
에게는 삶의 아픔과 슬픔 또한 많았다. 그녀는 '후회하지 않아'라
는 노래를 자신의 노래라고 하며 좋아했다고 한다. 왜 그녀는 이
노래를 좋아했을까?
　진정 후회하지 않는 인생을 살아갈 수 있다면 얼마나 좋을까?
하지만 우리의 삶은 많은 후회와 미련과 아쉬움으로 가득할 수밖
에 없다. 삶은 그래서 결코 쉬운 것이 아닌 것 같다.

7. 가장 높이 나는 자가 가장 멀리 본다

거룩한 도전이었다. 거기서 살아있음을 느꼈다. 그렇게 존재하기 위해 이곳에 있었다. 주위의 어떠한 편견과 선입견, 인습과 비난에도 귀를 막았다.

저 하늘 높이 최대한 날아올라 가장 빠른 속도로 만유인력을 받았다. 급강하하는 그의 몸은 부서져 버릴 것 같았다. 하지만 그 고통은 더 나은 내일을 위한 것임을 알았다. 바다 수면에 닿기 직전 다시 수평비행을 했다. 삶을 초월하는 순간이었다.

매일 그렇게 자신을 위해 점점 더 높이 날아올라 더욱더 빠르게 떨어졌다. 실수와 실패의 연속이었다. 하지만 존재의 확실성을 그곳에서 알 수 있었다.

수많은 시간이 지나가고 새로운 경지에 이르렀다. 순간순간 경계선을 넘었다. 그리고 새로운 세상이 열렸다. 그의 눈은 이제 예전에 볼 수 없었던 것이 보였다.

가장 높이 날아오를 수 있었기에 가능했다. 그 누구도 그의 속도를 범접하지 못했다. 존재한다는 것은 그토록 아름다운 것임을 이제는 깨달았다. 그는 조나단 리빙스터 시걸, 세상에 하나밖에 없는 이름이었다.

⟨Be⟩

Lost

On a painted sky

Where the clouds are hung

For the poet's eye

You may find him

If you may find him

There

On a distant shore

By the wings of dreams

Through an open door

You may know him

If you may

Be

As a page that aches for a word

Which speaks on a theme that is timeless

And the one God will make for your day

Sing

As a song in search of a voice

that is silent

And the Sun God will make for your way

And we dance

To a whispered voice

Overheard by the soul

Undertook by the heart

And you may know it

If you may know it

While the sand

Would become the stone

Which began the spark

Turned to living bone

Holy, holy

Sanctus, sanctus

Be

As a page that aches for a word

Which speaks on a theme that is timeless

And the one God will make for your day

Sing

As a song in search of a voice

that is silent

잃었어요

구름이 걸려있는

채색된 하늘에서 잃었어요

시인의 눈을 위해

당신이 그를 찾을지도 몰라요

만일, 당신이 그를 찾으려 한다면요.

거기에서

꿈의 날개들에게서

멀리 떨어진 해변가, 거기에서

열려진 문을 통해서

당신이 그를 알지도 몰라요

만일, 당신이 그런다면요

존재해요

영원한 주제를 이야기하는 언어를

그리워하는 페이지로 존재해요

그러면, 신이 당신의 날을 마련해 줄 거에요

노래해요

고요한 목소리를 찾는 음악으로 노래해요

그러면, 신이 당신의 길을 마련해 줄 거에요.

우리는 춤을 추어요

마음에 맡겨진 영혼을 통해

우연히 들은 속삭이는 목소리에

마추어 춤을 추어요

그러면, 당신은 그 것을 알지도 몰라요

만일, 당신이 그 것을 알려고 한다면요.

모래가 돌로 되는 동안에

살아있는 뼈로 변한 활기를

갖기 시작한

돌로 되는 동안에

상투스, 상투스

존재해요

영원한 주제를 이야기하는 언어를

그리워하는 페이지로 존재해요

그러면, 신은 당신의 길을 만들어 줄 거에요

노래해요

고요한 목소리를 찾는 음악으로 노래해요

8. 용병

가진 것이 아무것도 없었다. 가난한 집안의 아들로 태어나 간신히 학교를 졸업하고 직업전선에 뛰어들었다. 부모로부터 물려받은 것은 하나도 없어 모든 것을 바닥에서부터 시작해야 했다. 어린 나이에 세상은 결코 만만치 않았다. 서러움을 겪고 무시를 당하더라도 모든 것을 인내하며 살아가야 했다. 세상엔 오직 나밖에 없었고 누구 하나 나를 도와주는 사람도 없었다. 그래도 밝은 미래가 있을 것이라는 희망을 마음속에 품고 최선을 다하며 나름대로 열심히 살았다.

누군가를 만나 사랑을 했고 가정을 이루어 아이들도 태어났다. 하지만 아무리 노력한다 하더라도 사회는 냉정하기만 할 뿐 나를 알아주는 이 하나 없었다. 가정을 책임져야 했기에 더 많은 경제적 대가를 위해 용병으로 나서기로 했다. 고대로부터 전쟁에서 용병이 없었던 적은 없었다. 가깝게는 한국전쟁, 베트남 전쟁, 중동 전쟁, 아프가니스탄에서의 모든 용병들은 그렇게 살아왔다.

위험한 지역에서 임무를 수행할수록 지급되는 월급은 더 많았다. 실전을 해야 하는 곳에서는 훨씬 많은 돈이 나왔다. 내 목숨값이었다. 그렇게 돈을 벌어 최소한만 남기고 집으로 모두 보냈다. 내가 번 돈으로 우리 가족이 이제까지 먹어보지 못한 맛있는 음식이라도 먹는 모습을 상상만 해도 좋았다.

수많은 임무를 맡으며 간신히 목숨을 부지했다. 언제 죽을지 모르는 곳에서 가족을 생각하며 그렇게 버텼다. 시간은 그렇게 흘러 나이는 들었고, 이제 나를 찾아주는 곳도 없다. 너무나 오래 떨어진 가족들은 나의 존재도 잊고 있었다. 아내의 얼굴 아이들의 얼굴이 기억도 잘 나지 않고, 가족들은 나에 대한 안부도 궁금해하지 않는 듯하다. 나는 왜 이런 길을 걸어왔던 것일까?

우연히 눈앞에 있는 풍차는 계속해서 돌고 있었다. 무슨 이유로 저 풍차는 계속 돌고 있는 것일까? 풍차의 도는 모습을 보니 너무나 의미 없고 허무하며 회의 마저 드는 것을 막을 수가 없다. 나의 인생도 저 풍차처럼 허무한 것은 아닐까? 나도 모르게 가슴 깊은 곳에서 눈물이 흐를 뿐이다.

I have often told you stories

About the way

I lived the life of a drifter

Waiting for the day

When I'd take your hand

And sing you songs

Then maybe you would say

Come lay with me and love me

And I would surely stay

But I feel I'm growing older

And the songs that I have sung

Echo in the distance

Like the sound

Of a windmill going round

I guess I'll always be

A soldier of fortune

Many times I've been a traveller

I looked for something new

In days of old

When nights were cold

I wandered without you

But those days I thought my eyes

Had seen you standing near

Though blindness is confusing

It shows that you're not here

Now I feel I'm growing older

And the songs that I have sung

Echo in the distance

Like the sound

Of a windmill going round

I guess I'll always be

A soldier of fortune

Yes, I can hear the sound

Of a windmill going round

I guess I'll always be

A soldier of fortune

어떤 길에 대해서 당신에게 자주 얘기했었지.

나는 그 꿈속에서 살았어.

당신의 손을 잡고 노래하는 그날을 기다리면서.

자, 내 곁에 와서 나를 사랑해 줘요.

나는 기다리겠어요.

그러나 나는 나이가 들어가고,

나의 노래 소리는 불어오는 바람 소리와 같이

멀리 메아리 되어 돌아올 뿐.

나는 돈을 벌어야 하는 군인이라네.

여행을 했을 때 새로운 직업을 찾아도 보았지.

그러나 나이는 들고 밤은 찾아왔어.

그때 당신을 알게 되었지.

내가 눈이 멀지는 않았건만 당신은 보이지 않았네.

점점 나이는 들어가고 나의 노래 소리는

불어오는 바람 소리와 같이 멀리 메아리 되어 돌아올 뿐.

나는 돈을 벌어야 하는 군인이라네.

오 바람 소리만 들려오네.

나는 돈을 벌어야 하는 용병.

9. 당신 눈동자에 건배

 잉그리드 버그만 같이 지성미 있는 여자 배우가 앞으로 또 나올 수 있을까? 아마도 불가능할 것만 같다. 영화 카사블랑카에서 잉그리드 버그만, 그녀는 사랑하는 사람과 헤어지며 비행기에 오르게 된다. 현실에서의 잉그리드 버그만은 영화보다도 더 커다란 아픔이 있었던 것 같다. 그녀는 세 번 결혼했고, 세 번 이혼했다.

 카사블랑카란 프랑스어로 하얀 집이란 뜻이다. 세계 2차 대전이 한창인 1941년 유럽에서 전쟁을 피해 미국으로 가려는 사람들은 서아프리카 모로코의 카사블랑카로 몰려든다. 이곳에서 커다란 카페를 운영하는 릭(험프리 보가트), 그는 삶과 사랑을 위해 열정적으로 살았던 젊은이였다. 하지만 세상과 사랑으로부터 배신을 경험한 그는 조용히 이곳 카사블랑카에서 삶에 대한 열정 없이 냉소적으로 살아가고 있다. 릭이 하는 "난 남을 위해서 목숨을 걸지 않는다" 대사에서 그가 더 이상 삶을 불태울 만한 어떠한 이유나 동기가 없음을 읽을 수 있다.

 릭과 헤어지고 체코슬로바키아의 저항군 지도자와 결혼한 일자(잉그리드 버그만), 그녀는 남편과 함께 나치를 피해 카사블랑카로 오게 된다. 운명처럼 카페에서 만난 릭과 일자, 그들은 파리에서 꿈같은 사랑을 했던 사이였다. 일자를 보고 너무나 놀란 릭, 그의 가슴에는 다시 삶에 대한 열정이 서서히 타오르게 된다.

하지만 일자의 남편인 라즐로는 나치에 저항했던 경력이 있어 미국으로 도피를 해야만 하는 상황이었다. 릭은 일자를 다시 떠나보내고 싶지 않았지만, 헤어질 수밖에 없는 운명이라는 것을 깨닫고 결국 경찰서장에게 부탁하여 불법으로 그들을 위한 여권과 비자를 마련해 준다.

이별의 시간은 그렇게 다가오고 릭은 일자를 위해 헤어질 준비를 한다. 일자는 릭과 이루지 못한 사랑과 추억에 마음이 착잡하지만, 남편과 함께 비행기의 트랩에 오른다. 그렇게 그들은 운명처럼 다시 만났지만, 또다시 헤어져야만 했다. 릭은 일자의 눈물과 마음으로 인해 오래전에 잊었던 삶에 대한 열정을 다시금 찾았고 이루어지지 못한 사랑이지만 아름다운 추억으로 간직하게 된다. 릭은 일자와 술을 마시며 말한다.

"당신 눈동자에 건배"

릭에게 있어 그녀의 눈동자는 비록 헤어지더라도 영원히 그의 마음에 남아 있을 것이다.

〈Casablanca(카사블랑카)〉

I fell in love with you

watching Casablanca

Back row of the drive in show
in the flickering light

Popcorn and cokes beneath the stars
became champagne and caviar
making love on a long
hot summers night

I thought you fell in love with me
watching Casablanca
Holding hands beneath the paddle fans
in Rick's Candle-lit cafe

Hiding in the shadows from the spies
Moroccan moonlight in your eyes
making magic at the movies
in my old chevrolet

Oh a kiss is still a kiss in Casablanca
But a kiss is not a kiss without your sigh
Please come back to me in Casablanca
I love you more and more each day

as time goes by

I guess there're many
broken hearts in Casablanca
You know I've never really been there
So, I don't know

I guess our love story will never
be seen on the big wide silver screen
But it hurt just as bad
When I had to watch you go

Oh a kiss is still a kiss in Casablanca
But a kiss is not a kiss without your sigh
Please come back to me in Casablanca
I love you more and more each day
as time goes by

불빛이 반짝거리는
야외극장의 뒷줄에서
카사블랑카를 보면서

당신과 사랑에 빠졌어요

팝콘과 콜라는 별빛 아래서
샴페인과 캐비어처럼 보였고
우린 뜨거운 긴 여름밤
사랑을 나누었죠

카사블랑카를 보면서
당신과 사랑에 빠졌다고 생각했어요
촛불 켜진 릭의 카페에서
돌아가는 선풍기 아래 손을 잡았었죠

으슥한 곳에서 사람들의 눈을 피해가며
모로코의 달빛이 감도는 당신의 눈
영화를 보러 갔다가 낡은 내 셰보레에서
마술 같은 경험을 했어요

카사블랑카에의 키스는 잊을 수가 없지만
당신의 숨결 없는 키스는 키스가 아니죠
제발 카사블랑카로 다시 돌아와요
시간이 지날수록 날이면 날마다
나는 당신을 더욱 사랑해요

카사블랑카에는 사랑의 상처를
입은 연인들이 많이 있을 거에요
하지만 난 그런 적이 없었어요
그래서 난 잘 모르겠어요

우리의 사랑 이야기가
널따란 은막에서 보여지지는 않겠죠
하지만 당신이 떠나가는 걸 보면
그렇게 마음이 아플 수가 없군요

카사블랑카에의 키스는 잊을 수가 없지만
당신의 숨결 없는 키스는 키스가 아니죠
제발 카사블랑카로 다시 돌아와요
시간이 지날수록 날이면 날마다
나는 당신을 더욱 사랑해요

10. 음유시인

 어느 날 갑자기 따스한 봄이 오듯 사랑이 찾아왔다. 봄의 햇살처럼 내 마음도 따스해지고 아름다운 꽃들이 피어나듯 내 가슴도 활짝 피어올랐다. 설레는 마음과 맑아지는 내 영혼이 나의 삶에 기쁨과 행복을 가져다주었다.

 주체할 수 없는 마음에 사랑의 편지를 쓰고 편지를 받았다. 하루가 멀다 하고 쓰는 우리들의 편지를 어린 우편 배달부가 전해주었다. 그 편지엔 우리의 사랑이 듬뿍 담겨 삶의 아름다운 향기마저 스며 있었다.

 우편 배달부가 전해주는 편지를 받을 때마다 매일 행복했고 매일 기뻤다. 가슴 시리도록 그 편지가 기다려지고 편지를 받고 나선 바로 책상에 앉아 내 마음을 써 내려갔다. 편지 보낼 생각으로 밤엔 잠도 오지 않고, 창밖에 빛나는 별빛이 나를 축복해 주는듯 했다.

 환하고 둥그런 달처럼 나의 마음은 행복으로 가득 찼고, 아침에 일어나 다시 사랑의 편지를 보냈다. 어린 우편 배달부는 나의 마음을 전해주려 또다시 바삐 그의 길을 재촉했다.

 우리들의 마음이 전해지는 그 길엔 아름다운 장미꽃이 수없이 피어 있었고, 가슴 부풀게 해주는 자스민 향으로 가득했다. 삶은 너무나 아름답게 보였고 더 이상 바라는 것도 없었다. 우리의 사랑이 영원하기만을 기원하며 그렇게 매일같이 편지가 전해졌다.

어느 날부터인지 우편 배달부는 더 이상 오지 않았다. 우리의 사랑은 끝이 난 것일까? 아직도 나의 마음은 사랑으로 가득한데 나의 마음을 어떻게 전해주어야 하는 것일까? 행복과 기쁨으로 가득했던 나의 하루는 이제 감옥에 갇힌 것처럼 어둡고 무겁기만 하다. 아직 남아 있는 나의 사랑의 마음은 어떻게 해야 하는 것일까? 그 따스했던 봄날은 이제 완전히 사라져 버린 것일까? 나의 마음은 한겨울처럼 춥기만 한데, 나는 이제 어떻게 해야 하는 것일까?

〈Le Facteur〉

Le jeune facteur est mort

Il n'avait que dix-sept ans

Tout est fini pour nous deux maintenant

(Chanté) L'amour ne peut voyager

Il a perdu son messager

C'est lui qui venait chaque jour

Les bras chargés de tous mes mots d'amour

C'est lui qui portait dans ses mains
La fleur d'amour cueillie dans ton jardin

Il est parti dans le ciel bleu
Comme un oiseau enfin libre et heureux
Et quand son âme l'a quitté
Un rossignol quelque part a chanté

Je t'aime autant que je t'aimais
Mais je ne peux le dire désormais
Il a emporté avec lui
Les derniers mots que j'avais écrits

Il n'ira plus sur les chemins
Fleuris de rose et de jasmin
Qui mènent jusqu'à ta maison
L'amour ne peut plus voyager
Il a perdu son messager
Et mon coeur est comme en prison.

Il est parti l'adolescent
Qui t'apportait mes joies et mes tourments

L'hiver a tué le printemps

Tout est fini pour nous deux maintenant.

〈우편 배달부〉

젊은 우편배달부는 하늘 나라로 가버렸어요
그의 나이는 겨우 17살이었어요
사랑은 더 이상 전해지지 않아요
배달하는 사람이 죽어버렸으니

우편 배달부는 매일 왔었어요
양손에 내 사랑의 편지를 가득 안고서
우편 배달부는 당신의 정원에서 가져온
사랑의 꽃을 손에 들고 있었어요

우편 배달부는 저 푸른 하늘로 날아 올라갔어요
마침내 자유롭고 행복한 한 마리 새처럼
그의 영혼이 그를 떠날 때
어디선가 예쁜 새가 노래를 불렀어요

당신을 사랑합니다. 예전에 사랑했던 것만큼
그러나 이제 그 말을 더 이상 할 수가 없어요

우편 배달부가 당신에게 썼던
내 마지막 편지를 가지고 하늘나라로 떠나버렸으니까요

우편 배달부는 더 이상 이 길을 걷지 않을 겁니다
길가에 장미와 자스민 꽃으로
당신의 집까지 이어지는
사랑은 더 이상 전해지지 않아요
배달하는 사람이 하늘나라로 갔으니
내 마음은 감옥에 갇혀 있는 것 같아요

우편 배달부는 젊은 나이에 떠났어요
나의 기쁨과 아픔을 당신에게 전해주었는데
겨울이 봄을 몰아내듯이
이제 우리의 사랑도 그렇게 끝이 났어요.

　삶은 외로움이다. 외로움에 익숙해야 한다. 하지만 외로움은 아프다. 가슴이 시리고 마음이 허전해서 버티기에 힘이 든다. 하지만 외로움은 나를 더 나은 나의 모습으로 성장시키기도 한다.
　외로움은 나의 일부이다. 나와 떨어지지 않는다. 내가 원하지 않는다 해도 내 곁에 있다. 나는 외로움과 더불어 살 수밖에 없다. 외로움이 뼈저리게 싫을 때가 있었다. 하지만 이제 외로움이 친구라는 걸 받아들인다.

외롭지 않은 삶이 어디 있단 말인가? 그 누군가와 함께 있어도 외롭고, 혼자 있어도 외로우니 그저 외로움이 이제 나의 가장 친한 존재가 되어버린 것만 같다.

<Ma solitude>

Georges Moustaki

Pour avoir si souvent dormi

Avec ma solitude

Je m'en suis fait presqu'une amie

Une douce habitude

Ell' ne me quitte pas d'un pas

Fidèle comme une ombre

Elle m'a suivi ça et là

Aux quatre coins du monde

Non, je ne suis jamais seul

Avec ma solitude

Quand elle est au creux de mon lit

Elle prend toute la place

Et nous passons de longues nuits

Tous les deux face à face

Je ne sais vraiment pas jusqu'où

Ira cette complice

Faudra-t-il que j'y prenne goût

Ou que je réagisse?

Non, je ne suis jamais seul

Avec ma solitude

Par elle, j'ai autant appris

Que j'ai versé de larmes

Si parfois je la répudie

Jamais elle ne désarme

Et si je préfère l'amour

D'une autre courtisane

Elle sera à mon dernier jour

Ma dernière compagne

Non, je ne suis jamais seul

Avec ma solitude

Non, je ne suis jamais seul
Avec ma solitude

〈나의 고독〉

　　조르쥬 무스타키

나의 고독과 더불어 잠들기 위해
마치 친구처럼 자연스러운 습관처럼
나를 길들였다네
그녀는 한 발자국도 나를 떠나지 아니하고
마치 충실한 그림자처럼
세상 어디에고 나를 따라다닌다네

나의 고독과 함께 있어서
나는 결코 외롭지 않다네

그녀가 내 침대에 나와 함께 누울 때면
그녀는 온 세상에 가득 차고
우리는 얼굴을 맞대고
둘만의 긴 밤을 지새운다네

나의 고독과 함께 있어서
나는 결코 외롭지 않다네

그녀로 인하여 나는 눈물도 알았다네
때로는 그녀를 저버리려 하나?
그녀는 결코 떠나라 하지 않는다네
내가 다른 여자와 사랑에 빠진다 해도
그녀는 내가 죽는 날까지 나를 떠나지 않고
나의 마지막 친구로 남을 것이라네

나의 고독과 함께 있어서
나는 결코 외롭지 않다네

 이제 나는 세상을 나의 외로움과 함께 하기로 했다. 어쩌면 나의 외로움이 나와 가장 오래도록 함께할지 모르기 때문이다. 이제 외로워도 아프지 않고 슬프지 않다.
 삶은 그렇게 모든 것을 변하게 만든다. 외로움이 나의 가장 친한 친구가 될 줄 상상조차 할 수 없었다. 내 옆에는 언제나 누군가가 나와 함께 있어 주리라 생각했지만 삶은 그것을 허락하지 않는다. 만남은 그저 헤어짐일 뿐이다.
 삶은 그래서 고독이며 혼자다. 홀로 설 수 있어야 삶의 진정한 의미를 이해할 수 있다. 나의 마음과 나의 생각과 그리고 나의 영혼마저 홀로 서야 한다. 나는 고독하며 혼자이지만 이제 더 이상 외롭지 않다.

11. 한계령에서

한계령은 영동과 영서 지방을 나누는 분수령으로 설악산 국립공원에 속한다. 한계령을 중심으로 영동지방 쪽으로는 양양이 위치해 있고, 영서 쪽으로는 인제군이다. 해발 1,004m로 설악산 대청봉으로 갈 수 있는 등산로의 시발점이기도 하다. 한계령에서 설악산 쪽으로 보면 웅대한 바위들이 위치하고 있어 장관을 이룬다. 그 옛날, 도로도 제대로 없었던 시절 한계령을 넘어 영동과 영서를 오고 가는 것은 일반인에게는 너무나 힘든 길이었다. 걸어서 무거운 짐을 이고 지고서 그 높은 한계령을 넘을 수밖에 없었던 서민들의 삶의 애환은 말로 표현할 수 없었을 것이다.

20년이 넘도록 무명 시인으로 활동한 정덕수 선생은 "한계령에서"라는 시를 썼다. 그는 강원도 양양 산골 오색에서 태어나 집안이 너무 가난해 초등학교도 간신히 졸업할 수밖에 없었다. 초등학교 졸업 후 생계를 위해 나무 지게 일을 했다. 하지만 그는 시인의 꿈을 접지 않고 배고픔을 참아가며 시를 썼다. 어린 시절 집을 나간 어머니를 그리워하며 자신의 고향인 한계령을 보고 있을 때, 문득 주위의 산이 그의 마음에 다가와 그에게 울지 말라고 위로를 전해주는 소리를 듣고 시를 쓴 게 아닌가 싶다. 그에게 인생은 힘들고 고통스러웠지만, 그리고 어린 시절 아픈 추억에 눈물이 났지만, 산은 조용히 그에게 다가와 울지 말라고 하지 않았나 싶다. 그 모든 상처를 그저 가슴에 묻고, 홀로 되신 아버지를 위해 그저 바람처럼 살다 가라는 산의 소리를 그는 들은 것이 아닌가 싶다.

처음에는 그가 쓴 시를 아는 사람이 거의 없었지만, 이 시가 "한계령"이라는 가요로 만들어졌고 애환 서린 양희은 씨가 이 노래를 부름으로써 전 국민이 사랑하는 대중가요가 되었다. 이후 한계령이라는 노래는 거친 시대를 살아가는 서민들의 고달픈 삶에 대한 연민과 위로를 아낌없이 전해주었다.

〈한계령에서〉

　　　　정덕수

온종일 서북주릉(西北紬綾)을 헤매며 걸어왔다.
안개구름에 길을 잃고
안개구름에 흠씬 젖어
오늘, 하루가 아니라
내 일생 고스란히
천지창조 전의 혼돈 중에 헤메일지.
삼만육천오백 날을 딛고

완숙한 늙음을 맞이하였을 때
절망과 체념 사이에 희망이 존재한다면
담배 연기 빛 푸른 별은 돋을까?

저 산은,
추억이 아파 우는 내게
울지 마라 울지 마라 하고
발아래 상처 아린 옛이야기로
눈물 젖은 계곡
아, 그러나 한 줄기
바람처럼 살다 가고파
이 산 저 산 눈물
구름 몰고 다니는
떠도는 바람처럼

저 산은,
구름인 양 떠도는 내게
잊으라
잊어버리라 하고
홀로 늙으시는 아버지
지친 한숨 빗물 되어
빈 가슴을 쓸어내리네

아, 그러나 한 줄기
바람처럼 살다 가고파
이 산 저 산 눈물
구름 몰고 다니는
떠도는 바람처럼

온종일 헤매던 중에 가시덤불에 찢겼나 보다
팔목과 다리에서는 피가 흘러
빗물 젖은 옷자락에
피나무 잎새 번진 불길처럼
깊이를 알 수 없는 애증(愛憎)의 꽃으로 핀다.
찬 빗속 꽁초처럼 비틀어진 풀포기 사이 하얀 구절초
열 한 살 작은 아이가
무서움에 도망치듯 총총이 걸어가던
굽이 많은 길
아스라한 추억 부수며 관광버스가 지나친다.

저 산은
젖은 담배 태우는 내게
내려가라
이제는 내려가라 하고
서북주릉 휘몰아온 바람

함성 되어 지친 내 어깨를 떠미네
아, 그러나 한 줄기
바람처럼 살다 가고파
이 산, 저 산 눈물
구름 몰고 다니는
떠도는 바람처럼

12. 향수

〈향수〉

정지용

넓은 벌 동쪽 끝으로
옛이야기 지줄대는 실개천이 휘돌아 나가고,
얼룩백이 황소가
해설피 금빛 게으른 울음을 우는 곳.

그곳이 차마 꿈엔들 잊힐리야.

질화로에 재가 식어지면
빈 밭에 밤바람 소리 말을 달리고
엷은 졸음에 겨운 늙으신 아버지가
짚베개를 돋아 고이시는 곳.

그곳이 차마 꿈엔들 잊힐리야.

흙에서 자란 내 마음
파아란 하늘 빛이 그리워
함부로 쏜 화살을 찾으려
풀섶 이슬에 함초롬 휘적시던 곳.

그 곳이 차마 꿈엔들 잊힐리야.

傳說 바다에 춤추는 밤물결 같은
검은 귀밑머리 날리는 어린 누이와
아무렇지도 않고 예쁠 것도 없는
사철 발 벗은 아내가
따가운 햇살을 등에 지고 이삭 줍던 곳.

그곳이 차마 꿈엔들 잊힐리야.

하늘에는 성근 별
알 수도 없는 모래성으로 발을 옮기고,
서리 까마귀 우지짖고 지나가는 초라한 지붕
흐릿한 불빛에 돌아 앉아 도란 도란거리는 곳.

그 곳이 차마 꿈엔들 잊힐리야.

우리에겐 꿈에도 잊혀지지 않는 곳이 있다. 우리 마음의 모든 것을 차지하는 곳, 그곳이 이 지구상 어딘가에는 있다. 모든 아픔과 설움을 잊을 수 있는 곳, 나를 따뜻하게 맞이해 주고 무슨 일과 상관없이 그저 받아주는 곳, 그런 곳이 어딘가에는 있다.

그리움이 있는 곳, 모든 것이 소중한 곳, 하지만 그리 특별하지는 않은 곳, 단지 나의 마음에 합한 곳, 나의 마음에 자리 잡고 있는 그곳이 있다.

사랑하는 사람이 있는 곳, 어릴 적 함께 했던 것들이 있는 곳, 너무나 익숙해 하나도 불편함이 없는 곳, 내것 네것 따지지 않는 곳, 그저 모든 것이 전부인 듯한 그러한 곳이 어딘가엔 있다.

정겹고 푸근한 곳, 가난할지는 모르지만, 마음은 부자일 수 있는 곳, 내가 마음껏 뛰어놀고 거침없이 뛰어다녔던 곳, 푸른 하늘을 마음껏 쳐다볼 수 있는 곳, 그곳이 우리에게는 있다.

모든 것을 함께 나누었던 사람들, 따스한 손을 잡고 함께 다녔던 사람들, 밤하늘의 별을 세어가면 이런저런 이야기를 했던 곳, 그곳이 우리에겐 있다.

떠났지만 떠날 수 없는 곳, 그래서 언젠가는 다시 찾는 곳, 그리고 나의 뼈를 묻어야 하는 곳, 그곳이 이 지구상의 어딘가에 우리에게는 있다.

결코 잊혀지지 않는 그곳의 너른 벌판에서 오늘도 우리의 마음은 마음껏 달리고 있다.

13. 겨울 나그네

추운 겨울 사랑했던 사람의 집 앞에 혼자 서서 말없이 이별을 고했다. 헤어질 수밖에 없기에 답답한 마음에 마냥 길을 나섰다. 어디로 가야 할지, 언제 돌아오게 될지 아무런 기약도 없이 그렇게 겨울 나그네가 되었다.

눈과 얼음으로 가득한 들판은 외로움을 더해 주고, 차갑게 부는 겨울바람은 마음 구석까지 휘몰아쳤다. 상처는 치유받을 길 없고, 고통과 절망에서 헤어 나오기는 너무 힘들었다. 무작정 홀로 떠난 그 길에서 위로해 주는 것은 없었다. 환상과 죽음에 대한 상념만이 마음속으로 스며들 뿐이었다.

추운 겨울일수록, 마음이 아플수록, 따스한 봄을 기다리며 꿈꾸는 것은 당연한 것인지도 모른다. 보리수 아래가 왠지 마음에 와닿았다. 그 밑에 앉아 있다 보니 자신도 모르게 잠이 들어 꿈을 꾸게 되었다.

바람에 흔들리는 보리수 나뭇가지 소리에 단꿈에서 깨어나 보니 아직은 추운 겨울이고 사방은 적막하며 어두울 뿐이다. 차라리 꿈에서 깨어나지 않았다면 얼마나 좋을까? 이 보리수 아래에서 다시 잠이 들어 오래도록 안식에 거하고 싶은 마음은 무엇 때문일까?

 슈베르트는 이 가곡을 쓰고 나서 1년 후 31살의 젊은 나이에 영원히 잠이 들었다.

⟨Der Lindenbaum (보리수)⟩

Am Brunnen vor dem Tore,

da steht ein Lindenbaum.

Ich träumt' in seinem Schatten

so manchen süssen Traum.

Ich schnitt in seine Rinde

so manches liebe Wort.

Es zog in Freud' und Leide

zu ihm mich immer fort.

Ich musst' auch heute wandern

vorbei in tiefer Nacht,

da hab' ich noch im Dunkel

die Augen zugemacht.

Und seine Zweige rauschten,
als riefen sie mir zu:
Komm her zu mir, Geselle,
hier findst du deine Ruh'!

Die kalten Winde bliesen
mir grad' in's Angesicht,
der Hut flog mir vom Kopfe,
ich wendete mich nicht.

Nun bin ich manche Stunde
enfernt von jenem Ort,
und immer hör' ich's rauschen:
Du fändest Ruhe dort!

성문 앞 우물가에
서 있는 보리수
나는 그 그늘 아래
단꿈을 꾸었네

가지에 희망의 말
새기에 놓고서

기쁠 때나 슬플 때나
찾아온 나무 밑

오늘 밤도 지났네
보리수 곁으로
캄캄한 어둠 속에
눈 감아 보았네

가지는 흔들려서
말하는 것 같이
그대여 여기와서
안식을 찾으라

14. 전람회의 그림

모데스트 무소르그스키는 화가였던 빅토르 하르트만과 예술의 장르를 넘어선 진정한 친구였다. 두 사람은 러시아 민족의 예술 부흥을 함께 꿈꾸기도 했다. 하지만 운명은 그들의 우정이 오래 가지 못하게 했다. 하르트만이 동맥파열로 인해 39살이라는 젊은 나이에 사망하고 말았던 것이다. 무소르크스키의 상심은 너무나도 커서 한동안 음악에 집중을 할 수가 없었다고 한다.

두 사람의 친구였던 스타소프는 하르트만이 죽은 이듬 해 3월, 그의 유작을 모아 성페테르부르크에서 전시회를 열게 한다. 이 전시회를 둘러보던 무소르그스키는 갑자기 영감이 떠올라 하르트만의 그림 10개를 주제로 피아노곡을 작곡하게 되는데 이 음악이 바로 '전람회의 그림'이다.

이 열 개의 그림은 난장이, 고성, 튈르리 궁전, 비들로, 부화한 병아리들의 발레, 폴란드의 부자 유대인과 가난뱅이 유대인, 리모주의 시장, 카타콤, 닭발위의 오두막, 키에프의 대문이다. 이 열 개의 그림 사이에 프롬나드가 이어주고 있는데 이는 미술 전시회에서 작품 하나를 보고 나서 다른 작품을 이동할 때 약간의 공간이 있는 것을 생각해서 10개의 각 주제를 이어주는 역할을 하고 있다.

무소르그스키가 작곡했을 당시에는 피아노곡이었으나 이후 많은 다른 작곡가에 의해 편곡이 되어 연주되기도 했다. 가장 유명한 편곡은 라벨의 작품이다. 그는 단순한 무소르그스키의 피아노곡을 대단위 교향곡으로 변모시켰다.

무소르그스키와 하르트만, 그들의 우정은 아마 예술의 세계를 뛰어넘은 것은 아닐까?

15. 별은 빛나건만

때는 나폴레옹 전쟁이 한창이던 1800년 6월, 왕당파와 공화파는 운명을 걸고 마렝고에서 전투를 벌인다. 공화파의 화가인 카바라도시를 사랑하는 토스카, 왕당파였던 스카르피아는 카바라도시를 죽이고 자신이 토스카를 차지하려고 한다. 토스카는 스카르피아의 고문으로 인해 위험에 처해진 카바라도시를 구출하려는 계획을 세운다.

왕당파가 이겼다고 소식에 거만해진 스카르피아, 하지만 잘못 전달된 소식이라는 것을 알게 된 토스카는 희망을 갖는다. 카바라도시를 구하러 온 토스카, 하지만 그녀는 카바라도시가 이미 처형되었다는 것을 알게 되고 절망에 빠져 밤하늘의 별만 바라본다.

〈별은 빛나건만〉

별은 빛나고 땅은 향기를 뿜네
정원 문이 삐걱이고 흙 스치는 발자국 소리

향기로운 그녀가 들어와 내 팔에 안기네
달콤한 입맞춤, 부드러운 손길은 나를 떨게 하네
그 아름다운 모습은 베일 속으로 사라지네
내 사랑의 꿈은 영원히 사라졌네
모든 게 떠났고 나는 절망 속에 죽어가네
지금처럼 삶을 사랑한 적이 없었네

　저 높은 하늘의 별은 그리도 빛나건만, 토스카는 그녀에게 있어
가장 소중한 사람을 잃었다. 결국 그녀는 산탄젤로 성에서 몸을
던져 목숨을 끊고 만다.

16. 솔베이지의 노래

노르웨이의 위대한 문호 헨리크 입센은 자신의 시극 〈페르귄트〉를 당시 31살인 젊은 음악가 에드바르 그리그에서 작곡을 부탁했다. 그리그는 평소 존경했던 입센의 제안이었기에 2년간의 노력으로 심혈을 기울여 곡을 완성하였다. 바로 〈페르귄트 모음곡〉이다.

입센의 시극에서 페르귄트는 부농의 외아들이었는데 아버지가 세상을 떠나자 어머니와 함께 가난하게 살아가게 된다. 모험을 좋아하고 몽상가였던 페르귄트는 세계를 여행하면서 험한 산속에서 마왕의 딸과 지내기도 하고, 결혼한 남의 부인을 빼앗기도 한다.

그러던 중 농부의 딸이었던 솔베이지를 만나 사랑을 맹세하지만, 그의 방랑기는 다시 그녀를 떠나 아프리카로 향하게 만든다. 그곳에서 페르귄트는 추장의 딸과 사랑을 나누기도 하고 방황하다가 결국 몰락하여 늙고 비참하게 된다. 말년에 이르러 다시 고향을 찾은 페르귄트, 그곳에서 솔베이지는 백발이 된 채 자신을 버리고 떠난 그를 기다리고 있었다. 페르귄트는 솔베이지의 품에서 지나온 시간을 회상하며 죽음을 맞이하게 된다.

그 겨울 지나
봄이 가고
봄이 또 가고
여름 또한 가면
한 해가 저무네
또 한 해가 저무네

그래도 난 안다네
당신이 돌아오리라는 것을.
약속한 대로 기다리는 나를
당신은 찾아오리

신께서 보살피리니
홀로 방황하는 당신을,
신께서 힘을 주리니

보좌 앞에 무릎 꿇은 당신에게,
당신이 지금 하늘에서
나를 기다리더라도,
하늘에서 나를 기다리더라도,
우린 다시 만나 사랑하고

결코 헤어지지 않으리.

 우리도 현재 자신이 가지고 있는 것에 만족하지 못한 채 저 멀리 있는 헛된 것을 찾아 떠돌아다니는 것은 아닐까? 페르귄트에게는 자신을 진정으로 사랑했던 솔베이지를 위해 해줄 수 있는 어떤 시간도 남아 있지 않았다.

17. 콜 니드라이 (막스 브루흐)

콜 니드라이(Kol Nidrei)는 막스 브루흐가 작곡한 첼로 협주곡으로 브람스의 친구였던 첼리스트 로베르트 하우스만의 부탁으로 만들어진 곡이다. '콜 니드라이'는 유대교의 속죄의 날에 해당하는 '욤 키푸르(Yom Kippur)'의 저녁 기도라는 뜻이다. 구약 성서에 의하면 유대력 7번째 달의 10번째 날이 욤 키푸르이다. 이날 자신이 그동안 행했던 잘못에 대해 속죄를 하고 25시간 단식을 한 뒤 경건하게 기도를 하였다고 한다.

브루흐는 유대교인이 아닌 개신교인이었다. 하지만 나치는 이 곡으로 인해 브루흐를 유대교도라 생각하여 금지시켰다. 이 곡을 들으면 가슴 아픈 우리 삶에 대한 깊은 경건함이 느껴질 수밖에 없는 듯하다.

우리는 누구나 잘못을 행하며 살아가고 있다. 하지만 자신의 잘못을 진정성 있게 돌아보며 이에 대해 반성하고 고쳐 나가는 사람은 그리 많지 않다. 대부분의 사람들은 자신이 하는 일이 옳고 잘못이 없으며 다른 이들을 문제 삼는 경우가 일반적이다. 하지만 생각해 보면 자기 잘못이 하나도 없고 다른 이들을 탓하는 사람일수록 그의 잘못이 더 클 가능성이 많다.

다른 사람에 대해 평가하기보다 자신을 객관적으로 볼 수 있어 본인의 잘못부터 고쳐 나가는 사람이 그립다. 자신의 옳음만을 주장하는 사람들이 이제는 왠지 두렵기조차 하다. 마음이 따뜻한 사람일수록 자신의 잘못을 인정하고 다른 이들을 포용하는 것이 아닐까 싶다.

18. 모차르트 피아노 소나타 16번 2악장 안단테

 겨울이 지나 봄의 시작을 알리는 봄비가 촉촉이 내리는 것처럼, 숲속에서 작은 새들이 속삭이듯 지저귀는 것처럼, 풀잎에 젖은 이슬이 영롱한 것처럼, 단순하면서도 맑은 모차르트의 피아노 선율이 들려온다.

 복잡하고 피곤했던 나의 마음이 어느새 사라져 버리고 피아노 소리에 내 마음을 빼앗긴 채 하던 일을 멈춘다. 커피 한 잔이 생각이 나 주방으로 발걸음을 옮긴다. 예쁜 커피잔에 따뜻한 커피를 가득 채워 모차르트를 다시 들으며 눈을 감는다.

 많이 듣지 않았는데 친숙하고, 늘 곁에 있었던 친구처럼 편안하다. 미움도 사라져 버리고 아픔도 잠시나마 잊게 해주는 이 소나타는 마치 마술사 같다.

 모차르트는 비록 젊은 나이에 세상을 떠났지만, 삶의 슬픔과 기쁨을 충분히 경험하고 알았던 것이 아닐까? 인생의 깊이를 모른 채 이러한 음악이 만들어질 수 있었을 것 같지는 않다. 그에게 있었던 삶의 비애가 이 음악의 어딘가에서 단순하면서도 깊이 있게 나의 마음을 울리는 것을 부인할 수 없다.

 세상이 혼탁하고 삶이 복잡할수록 단순함이 필요하지 않을까 싶다. 모차르트의 피아노 소나타처럼 우리의 영혼을 울려주는 것은 순수함이지, 화려함이 결코 아닌 듯하다.

모차르트가 피아노 소나타 16번 2악장 안단테에서 나에게 말을 거는 것 같다.

"많은 것을 바라지 말고, 가지고 있는 것에 만족하고 감사하며, 단순하게 살아가는 것이 어때? 삶은 원래 복잡하게 생각할수록 더욱 복잡하게 되는 것이고, 삶의 어두운 면에 침잠할수록 더욱 수렁으로 빠져들 수밖에 없으니 맑고 푸른 하늘을 바라보며 긍정적으로 살아가면 더 좋지 않을까? 겨울이 지나가면 따뜻한 봄이 오듯 어렵고 힘든 일도 언젠가 다 지나갈 거야. 마음 편히 단순하게 살아가려고 노력해 봐. 내가 지은 이 피아노 소나타처럼 말이야"

모차르트가 한 말에 내가 대답을 한다.

"그래 그 말이 맞는 것 같아. 모든 것을 받아들이며 이슬처럼 맑게 물처럼 단순하게 그렇게 살아가야겠다. 어차피 별 차이가 없잖아."

나는 다시 모차르트의 피아노 소나타를 들으며 따뜻한 커피잔을 두 손으로 감쌌다.

19. 오펜바흐 자클린의 눈물

 쟈크린느 뒤 프레는 영국이 낳은 세계적인 여성 첼리스트이다. 어릴 때부터 워낙 뛰어난 재능이 있어 일찍이 수많은 관심을 받으며 이른 나이에 50여 편이 넘는 음반을 발매하기도 했다.

 당시 세계적인 피아니스트 겸 지휘자였던 다니엘 바렌보임과 결혼을 했지만, 그녀 나이 25세에 커다란 불행이 찾아온다. 그녀의 신경계에 불치의 질병이 생기면서 음악 활동을 할 수 없게 되어 결국 28세에 은퇴를 할 수밖에 없게 된다.

 거기에 더불어 남편인 바렌보임으로부터 버림을 받게 된다. 병상에 있던 10여 년 동안 바렌보임은 그녀를 한 번도 찾아가지 않았다고 한다.

 젊은 시절 세계에서 가장 촉망받던 음악가였지만 10여 년의 병상 생활을 하다 42세 젊은 나이에 그녀는 불행한 삶을 마감한다.

 이 음악은 자크 오페바하의 미발표 유작이었는데 이를 발견한 토마스 베르너가 쟈크린느 뒤 프레에게 헌정한 곡이다.

 이 음악의 슬픔의 깊이는 쟈크린느 뒤 프레 그녀의 불행에 비례하는 듯하다.

자크린느 뒤 프레

20. 어디로 가야만 하는 것일까?

낯선 외국 땅에서 불법 이민자로 살아가는 것은 햇빛도 두려운 외롭고 힘든 삶일 뿐이다. 자신을 드러낼 수 없기에, 철저히 숨어 살아가야 하기에, 처절한 아픔이 항상 그와 함께한다. 밝은 태양이 그래서 더 무서운 것인지 모른다. 남들은 내놓기를 좋아하건만, 숨어 살아가야만 하는 나의 운명은 희망의 앞날이 보이지 않아 어디로 가야 할지도 몰라 가슴만 미어질 뿐이다.

나는 왜 이러한 삶을 선택할 수밖에 없었던 것일까? 내가 태어난 곳, 내가 사랑하는 사람들이 있는 곳에서 살 수 있었다면 얼마나 좋았을까? 푸근한 마음의 고향을 버리고 이 낯선 외국 땅에서 살아가야만 하는 나는 삶은 무슨 운명의 장난이란 말인가?

나를 반기지 않는 이 황량한 땅, 나의 존재는 무시당할 수밖에 없고, 나의 노력은 알아주지도 않는 이 삭막한 타지의 땅에서 나는 마음 붙일 곳 하나 없어 너무나 외롭고 허전할 뿐이다.

나를 따뜻하게 맞이해 주는 사람인 단 한 명만이라도 있다면 얼마나 좋을까? 외로운 내 손을 잡아주고, 허전한 내 마음을 나눌 수 있는 사람이 단 한 사람만이라도 있다면 나는 이렇게 아프지 않을 텐데, 그 사람은 지금 어디에 있는 것일까?

나의 이 유랑민 같은, 도망자 같은 삶은 언제 끝나는 것일까? 숨어 지내지 않고 찬란한 태양을 얼굴에 가득 맞이할 수 있는 날이 올 수는 있는 것일까? 끝없이 펼쳐진 사막에서 힘없이 걸어가는 듯한 나의 인생의 여정은 과연 어디에서 끝이 나는 것일까?

모래바람 날리는 뜨거운 사막을 언제나 건널 수 있을 것일까? 누군가와 함께 할 수 있다면 이리도 힘들지 않을 텐데, 언제까지 나는 혼자 이 길을 가야 하는 것일까? 이제 이 길이 그만 끝났으면 좋겠다. 나를 반겨주는 따스한 사람들이 있는 나의 집으로 돌아갔으면 좋겠다. 나에게 삶은 너무나 버겁고 힘들 뿐이다. 이 무거운 삶에서 어서 벗어났으면 좋겠다. 하지만 나는 아직도 어디로 가야 할지조차 알 수가 없다.

〈Donde Voy〉

Tish Hinojosa

Madrugada me ve corriendo
Bajo cielo que empieza color
No me salgas sol a nombrar me
A la fuerza de "la migracion"
Un dolor que siento en el pecho
Es mi alma que llere de amor

Pienso en ti y tus brazos que esperan

Tus besos y tu passion

Donde voy, Donde voy

Esperanza es mi destinacion

Solo estoy, solo estoy

Por el monte profugo me voy

Dias semanas y meces

Pasa muy lejos de ti

Muy pronto te llega un dinero

Yo te quiero tener junto a mi

El trabajo me llena las horas

Tu risa no puedo olividar

Vivir sin tu amor no es vida

Vivir de profugo es igual

Donde voy, Donde voy

Esperanza es mi destinacion

Solo estoy, solo estoy

Por el monte profugo me voy

〈나는 어디로 가야만 하는 건가요?〉

새벽녘, 날이 밝아오자 난 달리고 있죠
태양빛으로 물들기 시작하는 하늘 아래에서.
태양이여, 내 모습이 드러나지 않게 해주세요.
이민국에 드러나지 않도록
내 마음에 느끼는 이 고통은
사랑으로 상처받은 거예요
난 당신과 당신의 품 안을 생각하고 있어요.
당신의 입맞춤과 애정을 기다리면서.
나는 어디로 가야만 하는 건가요?

희망을 찾는 것이 내 바램이에요
난 혼자가 되어 버린 거죠.
혼자가 되었어요.
사막을 떠도는 도망자처럼 난 가고 있어요.

며칠 몇 주 몇 달이 지나
당신으로부터 멀어지고 있어요.
곧 당신은 돈을 받으실 거예요.
당신이 내 곁에 가까이 둘 수 있으면 좋겠어요.

많은 일 때문에 시간이 버겁지만
난 당신의 웃는 모습을 잊을 수가 없어요
당신의 사랑 없이 사는 건 의미 없는 삶이에요
도망자처럼 사는 것도 마찬가지예요.
나는 어디로 가야만 하는 건가요?

희망을 찾는 것이 내 바램이에요
난 혼자가 되어버린 거죠.
혼자가 되었어요.
사막을 떠도는 도망자처럼 난 가고 있어요.

21. 브람스의 눈물

1858년 요하네스 브람스는 괴팅겐 대학 교수의 딸인 아가테를 만나 연인이 되었고 비밀리에 그들끼리 약혼반지를 주고받았다. 하지만 브람스는 결혼을 주저했고 결국 혼인으로까지는 이어지지 않았다. 왜 그랬던 것일까?

그의 마음속에는 아직도 클라라 슈만이 있었던 것이 아닐까 싶다. 슈만이 강 위 절벽에서 강물로 몸을 던져 스스로 목숨을 끊은 후 브람스는 자신의 스승이었던 슈만의 아내 클라라 슈만을 평생 돌보아 주었으니 그의 마음속에 얼마나 클라라가 자리 잡고 있었는지는 짐작할 만하다.

브람스가 자신의 스승이었던 슈만의 아내 클라라와 결혼할 수 없다는 것을 알았기에 아가테를 만나 결혼하려 했지만, 결혼하기 바로 전까지도 클라라에게 마음이 가 있는 자신을 발견하고 끝내 결혼을 포기한 것이 아닐까 싶다.

결국 브람스는 이 일 이후 독신으로 살아갈 것을 결심하게 되고 죽을 때까지 결혼하지 않고 혼자서 살아가게 된다. 그리고 얼마 후 자신의 현악 6중주 1번을 피아노곡으로 편곡하여 클라라에게 생일 선물로 보낸다.

클라라에 대한 사랑을 떨쳐버리지도 못하고, 아가테에 대한 새로운 사랑도 받아들이지 못한 그의 시린 가슴과 아픈 마음의 상처가 이 곡에 담겨있는 것 같다. 사랑은 기쁨일 수 있지만 어쩌면 아픔일 수도 있다.

이 곡이 '브람스의 눈물'이라고 이름 붙여진 것도 그러한 이유 때문일 것이다. 하지만 브람스보다 더 많은 눈물을 흘린 것은 아가테였을 것이다. 아마 브람스는 그 사실을 영원히 알지 못했을지도 모른다.

22. 엘리자베트 같은 여인이 있을까?

바그너는 불행했던 자신의 모습을 오페라의 주인공인 탄호이저에게 투사했음이 분명하다. 탄호이저는 극에서 사회 인습에 저항하는 예술가의 초상을 보여준다.

13세기 초 독일의 튀링엔 지방 바르트부르크성의 기사였던 탄호이저, 그는 영주의 조카딸인 엘리자베트와 순수한 사랑을 나누는 사이였다. 어느 날 탄호이저가 관능적인 사랑의 여신인 베누스(비너스의 독일 발음)가 사는 동굴로 찾아간 뒤 쾌락의 세계에서 빠져나오지 못한다.

탄호이저는 동굴에서 오래도록 지낸 뒤 갑자기 맑은 공기가 그리워 바깥세상으로 돌아와 바르트부르크성의 노래 대회에 참가한다. 탄호이저가 돌아왔다는 소식에 엘리자베트는 노래 경연장으로 뛰어와 아리아를 부른다. 이 노래 경연대회의 주제는 '사랑의 본질'이었는데, 탄호이저는 사랑의 본질은 쾌락이라 주장하며 비너스를 찬양하는 노래를 부른다. 이에 이교도 여신인 비너스에 빠져 있는 탄호이저를 비난하며 다른 기사들이 그를 죽이려 하나 엘리자베트는 자신의 목숨을 걸고 이를 막아선다. 그러자 영주인 헤르만은 탄호이저에게 참회의 기회를 주고, 로마 순례를 명한다.

오랜 시간이 지난 후 로마를 순례하고 마치고 바르트부르크성으로 돌아오는 사람들은 다 함께 '순례자의 합창'을 노래한다. 엘리자베트는 그들 사이에서 탄호이저를 애써 찾지만, 탄호이저의 모습은 보이지 않았다. 이에 절망한 그녀는 탄호이저의 죄를 용서받을 수 있다면 자신의 생명을 바치겠다고 성모 마리아에게 기도한다.

엘리자베트가 죽은 후 뒤늦게 도착한 탄호이저, 그는 자신의 잘못을 그녀에게 빌며 그 자리에서 쓰러져 결국 숨을 거둔다.

바그너는 자신을 알아주지 못하는 사회에 실망을 했지만, 엘리자베트와 같은 그 누군가는 자신을 위해 무엇이든지 희생할 만큼 알아주는 사람도 있을 것이라 생각했다. 바그너가 바랐던 엘리자베트 같은 여인이 정말 우리 주위에도 있을까? 그런 사람이 있다면 그것은 정말 하늘의 축복이 아닐까?

23. 정령들의 춤

　음악의 신 아폴론의 아들이었던 오르페우스, 그는 물의 요정인 에우리디체를 만나 세상에서 가장 행복한 한 쌍이 되었다. 어느 날 둘은 숲으로 놀러 나갔는데, 그곳에서 에우리디체는 독사에 물려 숨을 거둔다. 사랑했던 사람을 잃어버린 오르페우스는 그녀를 다시 지상으로 데려오기 위해 저승으로 떠난다.

　오르페우스가 저승에 도착하였을 때, 분노의 정령들은 저승의 입구를 막고 있었다. 오르페우스가 리라를 연주하자 저승의 정령들은 아름다운 그 음악을 듣고 마음이 부드러워지면서 춤을 추게 된다.

　지옥의 신 하데스와 복수의 신 네메시스마저 이 음악에 감동되었다. 바로 에우리디체를 데려오려는 오르페우스의 사랑의 음악이었다.

　정령들이 지키던 저승문을 통과하여 지하 세계로 들어간 오르페우스, 그는 저승의 여왕 페르세포네마저 감동시켜 에우리디체를 데려갈 수 있는 허락을 얻어낸다. 하지만 저승의 여왕은 한 가지 조건을 내건다. 저승에서 지상에 돌아갈 때까지 절대 뒤를 돌아보지 말라는 것이었다.

에우리디체를 데리고 저승을 떠나던 오르페우스는 우연히 뒤를 다시 돌아보게 되고, 결국 그는 에우리디체를 다시 잃고 만다. 이제 오르페우스가 에우리디체를 지상으로 데리고 갈 수 있는 방법은 전혀 없었다. 아무리 오르페우스와 에우리디체의 사랑이 강하더라도 운명을 이길 수 없었던 것이다.

사랑은 어쩌면 운명이라는 커다란 넘을 수 없는 벽 앞에서 아무런 힘도 쓰지 못하는 것이었을까? 오르페우스와 에우리디체의 사랑은 그것으로 끝나고 말았다. 아무리 사랑하는 사람이라고 할지라도 그렇게 우리는 언젠가는 헤어지게 되고 마는 것일까?

24. 위로

친구야,

환절기인지 감기가 오는 것 같아. 저녁 먹고 쉬면서 음악을 들어야겠다는 생각을 했어. 편안한 음악이 듣고 싶어서 리스트의 위로를 들으면서 글을 쓰고 있어.

리스트는 어떻게 이런 음악을 작곡하게 되었을까? 듣고 있는 것만으로도 마음이 온화해지는 듯한 느낌이야. 사실 이 음악은 그가 사랑했던 여인인 비트겐슈타인 후작 부인을 위해 작곡한 곡이야.

당시 리스트와 비트겐슈타인 부인은 사랑의 도피 중이었어. 후작 부인은 남편이 이혼에 동의하지 않는 상태에서 정신적으로 힘들었고, 피부에 종기가 계속 생기는 불치병으로 육체적으로도 고통을 받고 있었어. 하지만 비트겐슈타인 부인은 리스트와 같이 있는 것만으로도 전에 느끼지 못했던 행복을 느꼈다고 해.

리스트는 부인을 진정으로 사랑했고, 아마 그녀의 아픔을 조금이라도 위로해 주기 위해 그는 이 음악을 작곡했을 거야. 이 음악을 들으면 리스트가 그녀를 마음속에서 진심으로 아껴주었구나 하는 생각이 들어.

조용하면서도 은은하고 편안하면서도 깊이 있는 피아노 선율은 듣는 이로 하여금 모든 것을 순간이나마 잊어버릴 수 있도록 해주는 것 같아.

멜로디 자체가 따뜻하고 누군가를 조용하게 응원하는 듯한 느낌도 들어. 너무 힘들어하지 말라고, 마음 편안하게 지내라고, 모든 것들이 다 잘 될 거라고, 아무 걱정하지 말라고, 리스트는 이 곡에서 그렇게 말하는 것 같아. 리스트의 순애보적인 사랑을 후작 부인도 이 곡을 들으면서 느꼈을 거야.

살아가면서 어려움이 있을 때 그 누군가가 나를 위로해 주는 것만큼 힘이 되는 것은 없을 거야. 나를 이해해주고, 나를 위해 응원해주는 그런 사람이 있다면 아마 커다란 어려움도 충분히 이겨낼 수 있을 것 같아. 봄밤에 이 음악을 들으니 왠지 기분이 나아지는 듯해.

친구야,

너도 이 음악을 한번 들어보렴. 만약 네가 지금 어려운 일을 겪고 있다면 이 음악을 들으면서 기운을 냈으면 좋겠어. 여러 가지로 힘든 일이 있어도 이 음악을 들으면서 잠시 동안이라도 모든 것을 잊고 마음이 편해지길 바랄게.

25. 엘비라 마디간

친구야,

밤은 깊어가는데 아직 잠이 오지를 않아서, 음악을 듣고 있어. 이제는 자기 전에 음악을 듣는 게 습관이 돼서 조금이라도 음악을 들어야 잠이 들곤 해. 오늘은 그냥 평소에 자주 듣는 모차르트를 듣고 있어. 밤에 어울리는 악기는 뭐니뭐니 해도 피아노가 아닐까 싶어.

오늘은 모차르트 피아노 협주곡 21번을 듣고 자려고 해. 이 음악이야 "엘비라 마디간"이라는 영화의 OST로 쓰여서 너무나 잘 알려진 거지. 그 영화로 인해 이 음악을 모르는 사람은 아마 없을 거야. 너무 많이 알려져서 익숙하고 흔하지만 처음 듣는다는 마음으로 들으면 새롭게 마음에 와닿는 것 같아.

이 음악을 들으면 자연히 영화 엘비라 마디간이 생각이 나. 아주 오래전에 본 영화지만, 너무나 인상이 깊었기에 아직까지도 기억에 생생해.

영화에서 엘비라와 식스틴은 그들이 가지고 있는 모든 것을 포기하고 함께 도주하지. 그들이 이미 이루어 놓은 것도 다 포기한 채 오직 둘의 사랑만을 위해 나머지 생을 살아가기로 하지. 요즘엔 이런 순애보적인 사랑은 드문 것 같아. 조건이나 환경, 자신의 이익을 더 중요하게 생각하는 경향이 더 크다는 느낌이야. 상대방을 진정으로 좋아한다면 자신의 생각이나 판단보다는 상대방을 더 생각하고, 자신의 이익도 과감히 포기하지만, 요즘엔 그 반대인 것 같아. 자신에게 도움이 되지 않는다면 오히려 사랑을 포기하는 경향도 많은 것 같아.

모차르트의 음악은 이 영화와 정말 너무 잘 어울린다는 생각이 들어. 엘비라와 식스틴의 순수한 사랑을 대변해 주는 듯한 맑은 멜로디와 물 흐르는 듯한 음악의 이어짐은 두 사람의 진정한 사랑을 여지없이 표현해주는 듯한 느낌이야.

이 음악처럼 두 사람의 사랑도 완벽하게 이루어졌으면 얼마나 좋았을까? 하지만 두 사람의 운명은 비극적인 죽음으로 끝나게 되고 말지.

하지만 그들은 후회하지는 않았을 거야. 그러한 결말을 예상했을지도 모르고, 그 예상에도 불구하고 두려움 없이 그들이 가야 할 운명의 길을 스스로 선택한 것이 아닌가 싶어. 비록 죽음에 이르기는 했지만, 그들은 자신이 선택할 수 있는 최선의 길을 선택해서 간 것이라고 믿고 싶어. 비극적인 결말이지만, 엘비라와 식스틴에게는 결코 비극이 아니었을 거야. 행복하게 자신의 소원을 이루었으니 더 이상 바라는 것도 없지 않았을까 싶어. 가장 행복한 죽음을 선택했는지도 모르지.

어쨌든 나는 이 영화나 음악 모두 아름답다는 것 외엔 다른 것을 생각할 필요가 없는 것 같아. 이제 이 음악을 한 번 더 듣고 자야겠지. 또 다른 내일이 기다리고 있으니.

26. 그녀는 왜 아프리카를 떠났을까?

친구야,

지금 창밖에서 비 내리는 소리가 들려. 오늘내일 많은 비가 온다고 해. 비가 오니까 갑자기 모차르트 클라리넷 협주곡이 생각이 났어. 이 곡은 모차르트가 그의 평생에 작곡한 유일한 클라리넷 협주곡이야. 그가 죽기 2개월 전에 작곡한 모차르트 생애 마지막 협주곡이기도 하지. 클라리넷이라는 악기가 가지고 있는 가장 아름다운 선율을 보여주는 음악이 아닌가 싶어. 나는 사실 클라리넷으로 연주되는 곡 중에 이 곡보다 더 좋은 곡은 없다는 생각이 들어. 그만큼 모차르트는 클라리넷이라는 악기로 표현해 낼 수 있는 가장 아름다운 음악을 만들어 낸 천재였던 것 같아.

또한 이 음악은 1986년도 아카데미 작품상에 빛나는 〈아웃 오브 아프리카〉의 주제곡으로도 쓰였지. 당연히 이 음악을 들으면 그 영화가 생각이 나. 3시간에 가까운 긴 영화였지만, 영화를 보는 내내 한눈을 팔 시간도 없었던 기억이 나. 푸른 초원이 펼쳐져 있는 아프리카, 그곳에서 살아가는 사람들, 그리고 그들의 인생과 꿈, 그리고 사랑.

영화에서 주인공인 메릴 스트립(카렌)과 로버트 레드포드(데니스)의 절제된 연기는 압권이라고 할 수밖에 없을 거야. 그런데 카렌은 왜 자신이 꿈꾸었던 아프리카의 삶을 버리고 돌아갔던 것일까?

카렌은 사실 아프리카에서의 삶에 대한 동경으로 그곳으로 갔지만, 그 동경보다 더 커다란 마음의 상처를 입었던 것 같아. 남편에 대한 실망, 어떻게든 유지하려 했던 결혼생활에 대한 실패, 새로운 사랑인 데니스를 만났지만, 데니스 또한 결혼을 속박이라고 생각하고 자유를 찾아 결혼을 거부했지. 또한 자신 소유의 땅 한 평 가지지 못한 채 평생을 살아가는 아프리카 원주민의 삶을 보고, 아프리카 생활을 모두 청산하기로 결심하지. 그런 후 그녀는 자신 소유의 땅 모두를 원주민들에게 돌려주고 마지막으로 자신이 진정으로 사랑했던 데니스 얼굴이라도 보고 난 후 아프리카를 떠나려고 했어. 하지만 카렌을 보기 위해 경비행기를 타고 오던 데니스는 비행기 사고로 결국 사망하고 말지. 자신의 마음속 깊은 곳에 자리 잡은 데니스에게 마지막 인사도 하지 못한 채, 결국 그녀는 눈물을 흘리며 파란만장했던 아프리카를 떠나 자신이 태어났던 고향을 돌아가지.

아름답지만 슬픈 영화의 내용처럼, 모차르트의 클라리넷 음악 또한 아름다우면서도 어딘가 모를 잔잔한 우울함이 곳곳에 스며 있는 것 같아.

친구야,

오늘 밤에 계속 비가 오려나 봐. 이제 3월 말, 얼마 있으면 온

누리에 예쁜 꽃이 활짝 피겠지? 너와 나의 일상에도 좋은 일이 좀 더 많았으면 좋겠구나. 봄비가 내리는 이 밤, 모차르트의 클라리넷 협주곡을 들으며 하루를 마감하는 것도 멋진 일이겠지?

27. 황제

친구야,

새벽에 일찍 눈이 떠졌어. 일어나 책을 보기 전에 잠에서 깨기 위해 음악을 들었어. 불현듯 베토벤 피아노 협주곡 5번이 생각이 나서 들었어. 이 곡은 흔히 '황제'라는 별명을 갖고 있지. 그만큼 위대한 음악이라는 의미에서 붙여진 것일 거야.

특히 2악장을 들으면 아름다움이란 것이 무엇이지, 서정적인 것이 무엇인지, 예술이란 것이 무엇인지를 자연히 생각하게 돼. 음악을 듣다 보면 그 어떤 잡념도 사라지고 아무런 생각도 없이 그저 피아노의 선율에 집중하게 되는 것 같아. 다른 아무것도 필요 없고 다만 음악을 듣는 이 순간만이 중요하게 느껴져.

아름다운 음악을 들으면 왜 우리는 감동을 받는 것일까? 단지 음표로 구성되어 있는 조합일 뿐인데, 왜 그러한 것들이 우리들의 마음속으로 스며드는 것일까?

나는 예술이나 철학을 공부한 사람이 아니라 잘 모르겠어. 그러한 조합이 질서가 있을 것이고, 대위법이나 화성학을 따르는 것이고, 여러 가지 이유가 있기는 하겠지만, 그보다 그러한 음악이 나의 마음속으로 들어오는 것으로 만족하면 충분하지 않을까 싶어.

2악장이 8분 정도 연주되는 동안 잠시라도 천국에 있었던 듯한 느낌이 들었어. 평화롭고, 안식을 느낄 수 있었고, 어떤 욕심도 생각나지 않았고, 그저 사랑을 베풀고 싶다는 충동이 생기고, 모든 것을 다 포용할 수 있겠다는 자신감이 일어나고 그랬어.

우리의 삶이 이러한 아름다운 순간으로 이어진다면 얼마나 좋을까? 하지만 잠에서 깨어나 씻고 아침을 먹은 후 일하러 가게 되면 다시 삶이라는 전쟁을 치러내야 되겠지. 그러한 과정에서 다시 마음을 다치고, 다른 사람에게 상처를 주고, 기분이 좋았다가 나빠지고, 그러한 일들을 반복하다 집으로 돌아오면 지쳐서 쓰러져 잠이 들겠지.

그래도 그러한 하루가 주어진 것에 나는 감사해. 다시 새벽에 일어나 아름다운 음악을 듣고, 어쩔 수 없지만, 나의 어두웠던 마음에 다시 불을 밝혀야겠지. 그렇게 시간이 흘러 삶에 대해서 인생에 대해서 어느 정도 알게 되면, 이제는 더 이상 크고 작은 것에 연연하지 않고, 나의 마음이 그 어떤 일에도 크게 상처를 받지 않게 되고, 나도 다른 이들에게 상처를 주지 않고, 기분이 좋았다가 나빠지는 그러한 순환의 폭도 줄어들겠지. 그러다 더 세월이 흐르면 잔잔한 호수처럼 나의 마음도 그렇게 되는 순간이 올 것이라고 믿고 싶어.

어떤 일이 나에게 일어나도 전혀 동요 없이 살아갈 수 있는 그런 날이 언젠가는 나에게도 찾아오기를 바랄 뿐이야. 그런 날이 올 수 있도록 보다 나은 나를 만들기 위해 오늘 하루도 노력하려고 해. 그런 마음을 갖게 된다면 황제도 부럽지 않을 것 같아.

이제 베토벤도 듣고 너에게 편지도 썼으니 또 새로운 시작을 해야겠다. 오늘은 나에게 주어지는 다시는 돌아오지 않는 하루니까 베토벤의 음악처럼 조금이라도 아름다운 날로 만들어가야겠지.

28. 쑥대머리

 왜 이리 오지 않는 것인가? 기다리고 기다려도 소식조차 하나 없어 마음이 너무 애가 달아 하루조차 살아갈 수가 없는 나의 사정을 그는 진정 알고나 있는 것일까? 낮이건 밤이건 생각나는 것은 그 사람밖에 없는데 언제까지나 이리 기다리고만 있어야 하는 것일까?

 밤엔 잠을 이룰 수조차 없고, 낮엔 아무것도 할 수가 없으니 내가 진정 살아도 산 것이 아니니 이 무슨 일이란 말인가? 임을 향한 이 내 마음을 지키고자 이제 옥중에 갇히어 버리고 말았으니 내 언제 죽을 신세인지도 모를 뿐인데, 그분은 어이 해서 이리 소식 한 장 없다는 말인가?

 평생 보고 살 줄 알았건만 이리 짧은 시간밖에 함께 하지 못할 것을 누가 알았단 말인가? 기다리다 못 오시면 나는 이젠 옥에서 죽고 말 것인데, 얼굴 한 번만이라도 보고 죽었으면 소원이 없을 것을, 왜 이리도 내 운명은 기구한 것이란 말인가?

　〈쑥대머리 (춘향가에서)〉

쑥대머리 귀신형용 적막옥방에 찬자리여
생각나는 것은 임뿐이라 보고지고 보고지고 보고지고
손가락 피를 내어 사정으로 임을 찾아볼까
간장의 썩은 눈물로 님의 화상을 그려볼까
계궁항아 추월같이 번듯이 솟아서 비치고저
전전반측 잠못 이뤄 호접몽을 어이 꿀 수 있나
내가 만일 님못본채 옥중고혼이 되거드면
무덤앞에 섰난 돌은 망부석이 될 것이요
무덤근처 선나무는 상사목이 될 것이니
생전사후 이 원통을 알아줄 이가
뉘있으란 말이냐
쑥대머리 귀신형용 적막옥방에 찬자리여
생각나는 것은 임뿐이라
보고지고 보고지고 보고지고
쑥대머리

내가 만일 님못본채 옥중고혼이 되거드면
무덤앞에 섰난 돌은 망부석이 될 것이요
무덤 근처 선나무는 상사목이 될 것이니
생전사후 이 원통을 알아줄 이가
뉘있으란 말이냐
쑥대머리 귀신형용 적막옥방에 찬자리여

생각나는 것은 임뿐이라
보고지고 보고지고 보고지고
쑥대머리

　춘향은 그렇게 기다리고 기다렸다. 임 향한 마음 하나 변하지
않은 채 오직 그가 돌아올 날만 바라보며 눈물로 밤을 지새우며
그렇게 기다렸다. 곱게 빗었던 그녀의 머리는 이제 쑥대머리가
되었고, 죽음이 눈앞에 다가오고 있는데 이 도령은 언제나 춘향
에게 나타날 것인가? 기다림은 이렇게 한이 많고 마음 시린 것을
그 누가 알았단 말인가? 사랑은 아픔이고 슬픔이며 끝없는 기다
림이다. 하지만 변하지 않고 끝까지 참고 기다림이 사랑의 완성
이다.

29. 고독

삶은 외로움이다. 외로움에 익숙해야 한다. 하지만 외로움은 아프다. 가슴이 시리고 마음이 허전해서 버티기에 힘이 든다. 하지만 외로움은 나를 더 나은 나의 모습으로 성장시키기도 한다.

외로움은 나의 일부이다. 나와 떨어지지 않는다. 내가 원하지 않는다 해도 내 곁에 있다. 나는 외로움과 더불어 살 수밖에 없다. 외로움이 뼈저리게 싫을 때가 있었다. 하지만 이제 외로움이 친구라는 걸 받아들인다.

외롭지 않은 삶이 어디 있단 말인가? 그 누군가와 함께 있어도 외롭고, 혼자 있어도 외로우니 그저 외로움이 이제 나의 가장 친한 존재가 되어버린 것만 같다.

〈Ma solitude〉

Georges Moustaki

Pour avoir si souvent dormi

Avec ma solitude

Je m'en suis fait presqu'une amie

Une douce habitude

Ell' ne me quitte pas d'un pas

Fidèle comme une ombre

Elle m'a suivi ça et là

Aux quatre coins du monde

Non, je ne suis jamais seul

Avec ma solitude

Quand elle est au creux de mon lit

Elle prend toute la place

Et nous passons de longues nuits

Tous les deux face à face

Je ne sais vraiment pas jusqu'où

Ira cette complice

Faudra-t-il que j'y prenne goût

Ou que je réagisse?

Non, je ne suis jamais seul

Avec ma solitude

Par elle, j'ai autant appris

Que j'ai versé de larmes

Si parfois je la répudie

Jamais elle ne désarme

Et si je préfère l'amour

D'une autre courtisane

Elle sera à mon dernier jour

Ma dernière compagne

Non, je ne suis jamais seul

Avec ma solitude

Non, je ne suis jamais seul

Avec ma solitude

〈나의 고독〉

조르쥬 무스타키

나의 고독과 더불어 잠들기 위해
마치 친구처럼 자연스러운 습관처럼

나를 길들였다네
그녀는 한 발자국도 나를 떠나지 아니하고
마치 충실한 그림자처럼
세상 어디에고 나를 따라다닌다네

나의 고독과 함께 있어서
나는 결코 외롭지 않다네

그녀가 내 침대에 나와 함께 누울 때면
그녀는 온 세상에 가득 차고
우리는 얼굴을 맞대고
둘만의 긴 밤을 지새운다네

나의 고독과 함께 있어서
나는 결코 외롭지 않다네

그녀로 인하여 나는 눈물도 알았다네
때로는 그녀를 저버리려 하나?
그녀는 결코 떠나라 하지 않는다네
내가 다른 여자와 사랑에 빠진다 해도
그녀는 내가 죽는 날까지 나를 떠나지 않고
나의 마지막 친구로 남을 것이라네

나의 고독과 함께 있어서
나는 결코 외롭지 않다네

이제 나는 세상을 나의 외로움과 함께 하기로 했다. 어쩌면 나의 외로움이 나와 가장 오래도록 함께할지 모르기 때문이다. 이제 외로워도 아프지 않고 슬프지 않다.

삶은 그렇게 모든 것을 변하게 만든다. 외로움이 나의 가장 친한 친구가 될 줄 상상조차 할 수 없었다. 내 옆에는 언제나 누군가가 나와 함께 있어 주리라 생각했지만 삶은 그것을 허락하지 않는다. 만남은 그저 헤어짐일 뿐이다.

삶은 그래서 고독이며 혼자다. 홀로 설 수 있어야 삶의 진정한 의미를 이해할 수 있다. 나의 마음과 나의 생각과 그리고 나의 영혼마저 홀로 서야 한다.

나는 고독하며 혼자이지만 이제 더 이상 외롭지 않다.

30. 살다 보면

영화 서편제는 오래되었지만 지금도 그 영화의 OST를 가끔 듣는다. 군대를 갔다 와서 대학 다닐 때 당시 과외하던 고등학교 남자애들 2명을 데리고 주말에 단성사에 가서 같이 보았던 것이 아직도 기억에 남는다. 영화가 마음에 와 닿아 아직도 그 날이 잊혀지지 않는가 보다.

서편제 영화는 뮤지컬로도 만들어졌다. 그 뮤지컬에 〈살다 보면 살아진다〉라는 곡이 있다. 왠지 그 곡은 예전에 서편제를 보았던 아련한 추억과 함께 내 맘에 들어와 버렸다.

〈 살다 보면 살아진다〉

혼자라 슬퍼하진 않아
돌아가신 엄마 말하길
그저 살다 보면 살아진다

그 말 무슨 뜻인진 몰라도
기분이 좋아지는 주문 같아

너도 해봐 눈을 감고 중얼거려

그저 살다 보면 살아진다
그저 살다 보면 살아진다

눈을 감고 바람을 느껴봐
엄마가 쓰다듬던 손길이야
멀리 보고 소리를 질러봐
아픈 내 마음 멀리 날아가네

소리는 함께 놀던 놀이
돌아가신 엄마 소리는
너도 해봐
눈을 감고 소릴 질러

그저 살다 보면 살아진다
그저 살다 보면 살아진다

눈을 감고 바람을 느껴봐
엄마가 쓰다듬던 손길이야

멀리 보고 소리를 질러봐

아픈 내 마음 멀리 날아가네

 운명에 인생을 맡기는 것은 어쩌면 슬픈 것일지 모른다. 하지만 그럴수 밖에 없을 만큼 아팠던 사람은 그것이 최선이 아니지만 다른 선택지가 없다는 것을 뼈저리게 알고도 남는다. 원했던 것을 얻지 못해도, 진심으로 피하고 싶었던 일이 다가오더라도 실망할 필요가 없다. 살다 보면 다 지나가고 살려고 하지 않아도 살아지게 된다.

 이 세상엔 완벽한 사람도 없고 완벽한 인생도 없다. 더 중요한 것은 지금 내가 가지고 있는 것이라도 소중히 여겨야 하는 것이 아닐가 싶다. 내가 할 수 없는 것, 가질 수 없는 것을 아무리 원한다 해도 나에게 올리는 없다. 떠나보낼 건 떠나보내고, 정리할 건 정리하면 된다. 더 좋은 것이 기다리고 있을지, 아니면 더 나쁜 것이 기다리고 있을지는 모른다. 하지만 지나간 것도, 다가올 것도 생각할 필요가 없다. 내가 있는 이 자리에서 그냥 내가 할 일을 하며 지금 내 주위의 있는 사람과 따뜻하게 살면 그것으로 충분하다.

 이제는 나도 살아가기보다는 살아져가는 것을 선택하고 있는 듯 하다. 그런데 이상하게도 그렇게 하는 것이 오히려 마음이 편하고, 삶의 평화로움을 느끼는 것은 무슨 이유일까? 내가 약자여서 그런 것일까? 내가 할 수 있는 것이 거의 없어서일까?

적극적인 삶을 사는 분은 이러한 삶을 비판할지 모른다. 하지만 나는 이제 적극적인 삶을 살만한 여유가 없다. 그냥 살아지는 대로 살 수 밖에 없는 그런 나의 모습에 오히려 만족한다. 나에게는 이제 할 수 있는 것이 별로 없을 것이다. 그래도 괜찮다. 살아 있음만으로도 감사하기 때문이다.

31. 귀뚜라미

〈귀뚜라미〉

　　나희덕

높은 가지를 흔드는 매미 소리에 묻혀
내 울음 아직은 노래 아니다

차가운 바닥 위에 토하는 울음
풀잎 없고 이슬 한 방울 내리지 않는

지하도 콘크리트 벽 좁은 틈에서
숨 막힐 듯, 그러나 나 여기 살아 있다

귀뚜르르 뚜르르 보내는 타전 소리가
누구의 마음 하나 울릴 수 있을까

지금은 매미 떼가 하늘을 찌르는 시절

그 소리 걷히고 맑은 가을이

어린 풀숲 위에 내려와 뒤척이기도 하고
계단을 타고 이 땅 밑까지 내려오는 날

발길에 눌려 우는 내 울음도
누군가의 가슴에 실려 가는 노래일 수 있을까.

　아직은 무더운 여름, 나의 때가 되지는 않았지만 이제 곧 그때가 오고 있다. 아직은 하루종일 매미가 쉴 사이 없이 울고 있고 비록 나의 노래를 들어 주는 사람은 없지만 이제 여름도 다 지나갈 것이다.

　매미의 그 우렁찬 소리에 묻혀 나의 노래는 너무 작아 잘 들리지 않지만 나는 오늘도 아무도 들어 주지 않는 나의 노래를 부르고 있다.

　이곳은 원래 내가 좋아하는 곳도, 내가 살아가기 쉬운 곳도 아닌 도시의 콘크리트 벽이지만, 나는 이곳에서도 나의 목소리로 나의 노래를 부르고 있다.

　숨 막힐 듯 사방으로 갇힌 이 틈새에서 나의 노래는 내가 아직 살아있음을 알려주는 신호에 불과할지는 모르나, 그 누구라도 나의 노래를 듣고 나의 존재를 느낄 수는 있으리라.

　모든 존재는 자신만의 소리가 있듯, 나도 나만의 소리가 있다.

누구는 그것을 좋아하기도 하고, 누구는 그것을 싫어하기도 하지만 나는 그것에 연연해하지 않고 나만의 소리를 꿋꿋이 줄기차게 노래하리라.

시간은 언제나 흘러가고, 때는 언젠가 오는 법, 나를 노래를 알아주고 소중히 여기는 그때, 나는 이 세상의 엄연히 소중한 존재라는 사실이 알려지리라.

나는 비록 보잘것없이 작고 볼품없는 존재일지 모르나, 그 누군가에게는 의미 있는 존재이다. 그것이 나의 존재 이유기에 나는 오늘도 나의 노래를 부를 뿐이다.

귀뚜라미

32. 푸르른 날

〈푸르른 날〉

서정주

눈이 부시게 푸르른 날은
그리운 사람을 그리워 하자.

저기 저기 저, 가을 꽃 자리
초록이 지쳐 단풍 드는데

눈이 내리면 어이하리야
봄이 또 오면 어이하리야

내가 죽고서 네가 산다면
네가 죽고서 내가 산다면

눈이 부시게 푸르른 날은

그리운 사람을 그리워하자.

　우리는 살아가면서 어떤 날이 가장 좋을까? 어제도 아니고 내일도 아닌 오늘이 가장 좋은 날이 아닐까? 오늘 하늘을 쳐다보니 눈이 부시도록 너무나 푸르렀다. 내일은 저 푸른 하늘이 어떻게 될지 모른다.

　나에게 소중한 사람은 누구일까? 나의 마음속에 가득 자리를 차지하고 있는 사람은 누구일까? 오늘같이 너무나 맑고 푸르른 날 그 사람이 생각나는 것은 무슨 이유일까? 함께 하지 못함은 함께 하고픈 마음으로 더욱 그 사람이 그리워질 뿐이다.

　시간은 흘러 푸르른 날도 다 지나가고, 이제 그리운 사람을 만나지도 못하고, 그리워하는 시간도 그리 남지 않게 될지도 모른다. 시간이 다 지나가기 전에 실컷 그리워하는 것마저 잃지 않게 되길 바랄 뿐이다.

　그는 그 자리에서 나는 이 자리에서 그렇게 서로를 그리워하다가 언젠가 이생을 마치면 아름다운 그리움도 끝이 나리라.

　그러니 오늘 눈이 부시도록 푸르른 날에 그를 더 많이 그리워하자. 그리움은 나의 존재의 지나온 흔적이며 남기고 갈 발자취일지도 모른다. 그 흔적과 발자취에는 그와 함께했었다. 나의 존재는 그렇게 그리움을 남긴다.

푸르는 날

33. 인연이기에

나에게 가장 가까운 사람은 누구일까? 내가 이 세상에서 살면서 나에게 가장 많은 사랑을 주었던 사람, 나의 모든 것을 있는 그대로 받아 주었던 사람, 나와 정말 많은 시간을 함께했던 사람, 나에게 있어 가장 소중한 사람, 우리는 그러한 사람과의 인연이 정말 계속되기를 바라지만 삶은 그렇지 않은 것이 현실이다.

우리가 세상을 살아가면서 만남이 있으면 반드시 헤어짐이 있다. 헤어짐이 없는 만남은 존재하지 않는다. 신은 왜 우리에게 만남과 헤어짐을 주었을까? 오랜 인연으로 헤어지기 싫은 것을 뻔히 알면서도 신은 왜 우리에게 그러한 운명을 주는 것일까?

많은 사람이 그 소중한 인연을 떠나보낸 후 신의 존재를 부정하는 것도 이해할 만하다. 신이 있다면 그러한 아픔을 주지 않을 것이라 생각할 수 있기 때문이다.

나 같은 사람은 그 이유를 잘 모른다. 나는 신학자도 아니고 종교를 잘 아는 사람도 아니다. 나는 그저 운명에 굴복할 수밖에 없고 주어진 것을 받아들일 수밖에 없는 미천한 존재에 불과하다.

그러기에 슬프고 가슴 아플 뿐이다. 내가 할 수 있는 것은 너무나 적고, 그저 고개 숙이고 인정하는 것밖에는 더 이상의 재주도

없다. 다른 무엇이라도 할 수 있다면 얼마나 좋을까? 받아들이기
너무나 힘이 드는데 어떻게 그것을 받아들여야 하는 것일까?

시간이 약이라고 세월이 지나면 잊혀지겠지만 다시 그러한 소
중한 인연의 시간들이 돌아오는 것은 아니다. 내가 할 수 있는 것
은 그저 그리워하고 외로워하는 그것밖에는 없다.

〈인연이라 슬펐노라〉

서럽기도 해요
겨울밤 너무 길어서

그립기도 해요
눈꽃이 너와 닮아서

눈감는 순간
잊을 수 없을 거예요

돌고 도는 인생
언젠가 스칠 테니까

내 가슴 도려내듯 뒤돌아 가나요?

이제는 난 아닌가요

살아서는 내 것이 아닌
무로 돌아갈 인생

가지 말라고 떠나지 말라고
부질없는 그 바램

겨울이 봄이 되듯 되돌아오나요
여기서 난 기다려요

무지렁이한 세상 살다
우연히 누린 행복

어여 가라고 이젠 괜찮다고
행복했어 충분히

목 놓아 울던 모습 이제 잊어요
정처 없는 삶의 끝에 만날 테니까

살아서는 내 것이 아닌
무로 돌아갈 인생

가지 말라고 떠나지 말라고
부질없는 그 바램

　살아 있는 동안 할 수 있는 것은 다 하자. 살아 있는 동안 서러
울 정도로 행복하자. 기쁘고 즐겁게 이 세상을 살아가자. 나를 사
랑해 주었던 사람에게 나의 모든 것을 다 주자. 그 사람이 나를
사랑한 것 이상으로 그 사람을 더 많이 사랑하자. 더 많이 사랑하
는 것이 진정으로 그 사람을 사랑하는 것이기에. 무엇을 바라지
말고 그냥 무조건 더 사랑하자.
　우리는 아무것도 아닌 존재다. 이 세상에서 살아봤다는 것만으
로도 감사해야 하는 것이 아닐까 싶다.

34. 쇼팽과 조르주 상드

프레드릭 쇼팽은 1810년 폴란드 젤라조바볼라에서 태어났다. 그는 6살이었던 1816년부터 1821년까지 체코의 피아니스트였던 보이치에브 지브니로부터 피아노를 배웠다. 쇼팽은 일찍부터 두각을 나타내어 7살 때부터 콘서트를 했고, 11살에 스승에서 헌정하는 폴로네이즈를 작곡하기도 하였다. 1822년 스승은 쇼팽에게 더 이상 가르칠 것이 없다고 하여 그만 두었다. 그만큼 쇼팽은 피아노에 있어서 재능이 특출났다.

그 후 그는 1826년 바르샤바 음악원에 입학하였고 이후 폴란드가 낳은 세계적인 음악가로 성장하였다. 1831년 쇼팽은 파리로 이주하여 그곳에서 리스트 등과 교류하며 유명해지기 시작한다. 그리고 1836년 쇼팽은 조르주 상드와 운명적으로 만난다. 조르주 상드는 1804년 프랑스 파리에서 태어났다. 1822년 프랑스 한 지방의 귀족이었던 뒤드방 남작과 결혼하였으나 결혼 생활은 행복하지 않아 1831년 두 아이를 데리고 집을 나와 파리로 이주하였다. 1832년 소설 "앵디아나"로 유명해지면 남장 차림의 여인으로 파리 문학계에서 문필가로 활동하였다.

당시 유명한 음악가였던 리스트의 연인이었던 마리 다구 백작 부인의 살롱에서 1836년 쇼팽과 상드는 운명적인 만남을 한다. 처음에 당시 쇼팽은 마리아 보진스키라는 여성에게 청혼을 하고 그 답을 기다리고 있는 상태여서 상드에게 호감을 보이지 않았다. 하지만 상드는 쇼팽에게 적극적인 애정을 표현하였다. 쇼팽이 보진스키와 헤어진 후 쇼팽도 서서히 상드에게 마음을 열기 시작했고 그들이 살롱에서 만난 지 2년 만에 함께 동거하게 된다. 파리에서 함께 살던 중 쇼팽은 병약하여 몸이 쇠약해져 갔는데 상드는 쇼팽의 요양을 위하여 지중해의 마요르카로 이주하였고 얼마 후 다시 마요르카의 북쪽 카르투하 수도원에 가서 살게 된다. 이곳에서 쇼팽은 불후의 피아노 곡들을 작곡하게 전성기를 맞이하게 된다.

하지만 쇼팽의 건강은 회복되지 못하고 계속 악화되어 갔다. 쇼팽과 상드는 그렇게 9년을 같이 산다. 그리고는 상드는 쇼팽을 떠나게 된다. 그 이유는 분명히 밝혀지지 않았다. 당시 상드의 딸이었던 솔랑주는 다 성장하였는데 혹자는 쇼팽과 솔랑주가 연인 관계가 되었다는 주장도 있고 쇼팽과 솔랑주가 실제 연인은 아니었고 상드의 오해였다는 주장도 있다. 그 어떤 것이 사실인지는 모르나 쇼팽과 상드의 9년 간의 인연은 이것으로 끝이 난다.

상드가 떠나자 쇼팽의 건강은 급속도로 악화되어 갔다. 그리고 2년 후 낭만주의 시대 최고의 피아니스트였던 쇼팽은 1849년 39세라는 젊은 나이로 사망한다.

사랑은 항상 시간에 따라 변할 수밖에 없다. 어쩌면 사랑의 감정보다 믿음이 더 중요한 것인지도 모른다. 아름다운 사랑이 오래가기 위해서는 서로에게 너무 바라지 말고, 다 받아들이며 끝까지 믿어야 할 필요가 있다.

35. 바그너는 왜 걸림음을 사용했을까?

걸림음이란 한 화음에서 다음 화음으로 넘어갈 때, 한 화음 중의 어느 음이 다음 화음에까지 남아 불협화 상태를 일으킬 때 이 음을 걸림음이라고 한다. 만약 두 개나 세 개의 음이 동시에 불협화를 일으키면 이를 계류화음이라고 한다.

이러한 걸림음이 없으면 불협화음이 존재하지 않기에 음악의 흐름에 있어서 자연스러운 것은 당연하다. 즉 음악을 듣는 사람에게는 걸림음 없는 화음의 흐름이 편하고 부드러울 수밖에 없다.

바그너가 작곡한 오페라 〈트리스탄과 이졸데〉에는 걸림음을 상당히 흔하게 사용한다. 이는 작곡가의 의도에 의한 것일 수밖에 없다. 유명한 작곡가가 화성악에서 당연시하는 물 흐르는 듯한 화음을 마다하고 불협화음을 사용한 것은 이유가 있을 것이다.

〈트리스탄과 이졸데〉는 우리가 흔하게 알고 있는 〈로미오와 줄리엣〉의 이야기와 비슷하다. 즉 이루어지지 않는 사랑 이야기이다.

1813년 태어난 바그너는 그보다 25살 나이가 많은 철학자 쇼펜하우어에게 많은 영향을 받았다. 평상시 쇼펜하우어는 정치 같은 것은 사소한 일로 생각했지만, 예술 특히 음악은 인간의 활동 가운데 가장 중요한 것이라 생각했다. 그는 음악이 사람에게 많은 영향을 준다고 생각했던 것이다. 지금으로 말하면 그는 예술철학에 관심이 있었다고 할 수 있을 것이다.

바그너가 〈트리스탄과 이졸데〉를 쓰던 중 몸이 많이 아팠는데 그는 건강이 회복되는 것을 기다리던 중 자신이 좋아했던 철학자 쇼펜하우어의 〈의지와 표상으로서의 세계〉를 거듭 읽었다. 그것이 내면화 되어 바그너의 오페라 〈트리스탄과 이졸데〉에 스며들 수밖에 없었다.

〈의지와 표상으로서의 세계〉는 우리가 살아가는 이 세상은 충족되지 않는 우리들의 갈망과 욕망이 있을 뿐 우리가 원하는 완전한 성취는 불가능하다는 것이 인생의 본질이라는 것이다. 음악으로 말한다면 우리의 삶은 불협화음으로 가득할 뿐이며 마음 편하고 원하는 대로 다 이루어질 수 있는 아름다운 화음으로만 구성되어 있지 않다는 뜻이다. 바그너의 〈트리스탄과 이졸데〉의 가사에도 보면 이러한 쇼펜하우어의 사상이 표면화되어 있기도 하다.

바그너의 〈트리스탄과 이졸데〉에서 이졸데는 왕의 부인이었다. 트리스탄은 왕이 가장 믿는 신하였다. 처음부터 이루어질 수 없는 사랑이었다. 그런데 둘은 너무나 사랑하는 관계가 되어 버렸다. 사랑이라도 마음껏 하면 얼마나 좋을까? 하지만 그들의 인생은 그 흔한 사랑조차 마음 편히 할 수 없었다. 편하고 아름다운 화음처럼 살아갈 수 있는 순간이 그들에게는 없었다. 왕은 두 사람의 밀회를 알아내기 위해 함정을 파고 그들은 왕의 함정에 걸려들게 되기도 한다. 살아가는 곳곳이 모두 불협화음 밖에 없다. 그러다 결국 트리스탄은 병이 들어 이졸데를 기다리며 죽음을 맞이하고 이졸데는 트리스탄에게 달려오나 그는 이미 죽고 난 후였다. 이졸데는 진정으로 사랑했던 트리스탄이 죽자 결국 자신도 죽고 만다. 트리스탄과 이졸데는 둘이 진정으로 사랑했지만 그렇게 그 사랑은 이루어지지 않았다.

이루어질 듯 이루어지지 않은 사랑 그것이 바그너가 걸림음을 사용했던 이유였다.

36. 달빛

밝게 빛나던 태양은 사라지고
피곤한 하루가 지나가고 있다

사방은 어두운데 홀연히
나타나 나를 비추고 있다

이 밤에도 혼자 있지 말라고
밤새도록 같이 있어 주겠다고

밤의 공허함을 위로해주는 듯
하루의 피곤을 없애주려는 듯

힘들었던 나의 마음을
편안하게 해주려는 듯

허전한 나의 마음을
조금이라도 채워주려는 듯

그렇게 저 달빛은 영원히
나와 함께 하고 있다

  순진무구한 베트남의 소녀 무이는 자기 집주인인 쿠엔을 위해
정갈한 밥상을 차린다. 쿠엔에게는 부잣집 출신의 적극적인 약혼
녀가 있었다. 하얀 달빛처럼 순수한 무이, 혼자 밥을 먹다가 개미
를 발견하고 웃는 그녀, 쿠엔은 무이가 진정한 자신의 달빛임을
알게 된다. 오래 전부터 쿠엔을 조용히 마음속으로 연모해왔던
무이의 사랑은 결국 서로에게 영원히 함께 할 운명의 존재라는
것을 깨닫게 만든다. 무이의 순수함은 바로 어두운 밤하늘의 달
빛이었다. 베트남의 영화 '그린 파파야 향기'다.
  그린 파파야는 베트남에서 가장 흔한 식물이지만, 아무 데서나
자라는 평상시에는 주목도 못 받는 것이지만, 항상 그 자리에서
필요할 때마다 언제든지 함께하는 그러한 존재다. 쿠엔은 무이에
게 글을 가르쳤고, 쿠엔이 피아노 연주를 할 때 무이는 천진난만
한 목소리로 책을 읽는다.
  "우리 집 정원에는 열매가 많이 달려 있는 파파야 나무가 있다.
잘 익은 파파야는 엷은 노랑색이고, 또 잘 익은 파파야는 달콤한
설탕맛이다."
  서로에게 달빛과 같았던 존재인 무이와 쿠엔의 사랑은 그렇게

완성되었다.

　드뷔시는 그때까지 전해지던 음악의 형식과 규율 그리고 법칙을 벗어 던졌다. 진정으로 음악에서 중요한 것이 무엇인지 알았다. 드뷔시의 달빛은 그래서 순수하고 아름답게 우리의 마음에 다가오는 것인지도 모른다. 무이와 쿠엔이 서서히 서로에게 다가가는 것처럼. 없어서는 안 되는 그러한 존재로서.

37. 두 대의 바이올린

모든 걸 같이 하려고만
마음도 같은 줄로만
시작도 끝도 함께 하려고만

조금이라도 같이 할 수 있다면
마음이 조금 다르더라도
시작과 끝이 일치하지 않아도

따로 그리고 같이
마음 아프지 않게

그리고
오래도록

바흐의 두 대의 바이올린을 위한 협주곡 2악장을 듣는다. 두 대
의 바이올린은 같은 선율을 연주하지만 각각 시차를 약간 달리하

거나 음높이를 조금 달리해서 연주를 한다. 두 대의 바이올린은 독립적으로 연주하지만 서로 하나인 것처럼 대화하듯 각자의 선율을 주고받으며 연주해 나간다. 바이올린이 서로의 마음을 알기라도 하는 듯 양보하고 기다리며 어떨 때는 앞서가고 어떨 때는 뒤에서 가기도 하며 가장 아름다운 하모니를 만들기 위해 최선을 다하는 모습이다. 하나의 바이올린의 독주로 만들어지는 협주곡에 비해 더 많은 감동을 자아내는 듯하다.

영화 〈작은 신의 아이들〉의 배경은 미국의 어느 작은 시골 마을의 청각장애인들이 다니는 특수학교다. 이 학교에 유능한 교사인 제임스가 새로 부임해 온다. 그는 청각장애인 아이들에게 상대방의 입술을 보고 말을 알아듣는 방법과 입으로 소리를 내는 법을 열정적으로 가르친다. 아이들은 처음에는 별 반응을 하지 않지만, 제임스의 노력으로 한 명씩 마음을 열고 수업에 열중하게 된다.

이 학교를 졸업하고 학교 청소 미화원으로 일하고 있는 사라, 그녀 역시 청각장애인이었다. 제임스가 사라를 보고 첫눈에 반한다. 하지만 사라는 어릴 때 경험했던 청각장애인에 대한 트라우마로 세상과 담을 쌓고 살아가고 있었다. 제임스가 사라에게 다가가지만, 그녀는 그를 경계하며 가까이 오는 것을 허락하지 않는다.

하지만 제임스는 포기하지 않고 학생들에게 가르치는 것을 사라에게도 가르쳐 주려고 한다. 그녀에 대한 사랑이 커지면서 제임스는 어떻게든 소리 없는 세계에 갇혀 있는 그녀를 세상 밖으로 꺼내 주려고 노력한다. 시간이 지나며 사라는 제임스의 진심을 느끼게 되고 서로 사랑하는 사이가 되며 함께 살기 시작한다.

어느 날 제임스의 제자들이 집으로 찾아와 텔레비전을 큰 소리로 틀어 놓고 팝콘을 먹으며 와자지껄 한 바탕 놀다가 모두 돌아간다. 하지만 사라는 아직도 그 세계에 참여할 수가 없었다. 이를 안타깝게 본 제임스는 오늘 하루만이라도 수화를 하지 말고 사라에게 같이 음악을 듣자고 한다.

제임스는 〈바흐의 두 대의 바이올린 협주곡〉을 틀어 놓는다. 두 대의 바이올린은 서로 사랑하는 사람들이 속삭이듯 아름다운 멜로디로 공존하며 조화로운 음악의 세계를 만들어 낸다. 한 대의 바이올린이 잘난 척하며 독주하는 것이 아니라 두 대가 비슷하게 상대를 위해 자신만을 주장하지 않고 서로를 배려하며 연주하는 것이었다. 화합이라는 아름다운 세계의 진수를 두 대의 바이올린은 거침없이 보여준다.

음악을 듣던 제임스는 갑자기 일어나 음악을 꺼버린다. 이렇게 아름다운 음악을 사라와 함께 할 수 없음에 화가 났던 것이다. 그리고는 그는 말한다. 이런 아름다운 음악을 당신과 함께 들을 수 없다는 것이 너무나 슬프다고.

소리의 세계에 살고 있는 제임스, 침묵의 세계에 살고 있는 사라. 이 넓디넓은 강을 건널 수 있는 것은 불가능한 것일까? 본질적으로 다른 세계에 살고 있는 이 현실은 그 어떤 노력으로도 불가능한 것일까? 이러한 사실에 제임스가 절망을 느끼고 있을 때 다시 바흐의 음악이 들려온다. 사라가 조금 전에 들었던 〈두 대의 바이올린 협주곡〉을 틀어 놓은 것이다. 그리고 사라는 제임스를 위로한다. 너무 슬퍼하지 말라고.

사랑하는 사람 사이에서도 함께 할 수 없는 것이 있다는 것을 인정하는 것이 어쩌면 더 용기 있는 것인지도 모른다. 같음을 강요하기보다 다름을 받아들이는 것, 그것이 진정한 사랑일지도 모른다.

38. 카바티나

1968년 미국 펜실베이니아주에 살고 있던 마이클(로버트 드 니로), 닉(크리스토퍼 월켄), 스티븐(존 세비지)은 베트남 전쟁에 자원입대한다. 이들은 평소 동네 친구들과 시간이 날 때마다 사슴 사냥을 하는 지극히 평범한 젊은이들이었다. 스티븐은 베트남으로 가기 전 결혼을 한다. 하지만 베트남 전쟁에의 참전은 그들의 삶을 완전히 바꾸어 놓는다.

베트남전에 참가한 마이클, 닉, 그리고 스티븐은 모두 전쟁 포로가 된다. 포로로 잡혀 있는 동안 그들은 인간으로서는 도저히 견디어 낼 수 없는 극한의 경험을 하게 된다. 베트콩들은 그들에게 억압적으로 러시안룰렛 게임을 시킨다. 총알이 장전된 권총을 자신의 머리에 대고 눈앞에 있는 상대방과 한 발 한 발씩 번갈아가며 방아쇠를 당기는 것이다. 먼저 총알이 나온 사람은 그 자리에서 즉사하고 나머지 한 명은 살아남는 인간으로서 상상할 수 없는 지옥 같은 게임이었다.

마음이 약했던 스티븐은 이 게임을 할 때마다 공포의 비명을 질러댔다. 마이클은 용기를 내어 이 상황을 벗어나기는 했지만, 그러한 과정에서 세 친구들은 헤어지게 된다. 그렇게 그들은 인간

타락의 바닥까지의 경험을 하게 된다. 스티븐은 다리를 다쳐 불구가 되었고, 닉은 탈영을 하여 행방불명이 된다. 오직 마이클만이 성한 몸으로 고향으로 돌아온다.

고향에 돌아온 마이클은 동네에 남아 있던 친구들과 전쟁 전에 했던 사슴 사냥을 다시 나간다. 사슴을 발견하고 조준하는 마이클, 사슴의 맑은 눈망울을 보는 순간 그는 더 이상 아무것도 모르는 사슴을 향해 방아쇠를 당길 수가 없었다. 결국 총을 내려놓고 더 이상 사슴 사냥을 하지 않는다. 살아 있는 생명에게 이제는 함부로 총을 쏠 수가 없었던 것이다.

시간이 지나도 행방불명된 닉이 돌아오지 않자, 마이클은 직접 베트남으로 닉을 찾으러 나선다. 수소문 끝에 간신히 베트남의 어느 도박판에 있는 닉을 찾아낸다. 하지만 닉은 완전히 정신이 나간 채 러시안룰렛 게임으로 도박을 하고 있었다. 심지어 닉은 자신의 절친했던 마이클마저 알아보지 못할 정도로 정신이 나가 있는 상태였다. 마이클의 만류에도 불구하고 닉은 계속 러시안룰렛 게임에만 열중하고, 결국 자신이 잡아당긴 권총에서 총알이 튀어나와 머리가 관통되어 즉사하고 만다.

세 친구는 당시 우크라이나에서 아메리칸드림을 꿈꾸고 미국으로 온 이민 2세의 청년들이었다. 지극히 평범했던 그들의 삶은 자신들이 꿈꾸었던 어떤 것도 이루지 못한 채 허망하게 그 꿈을 접어야 했다. 그들이 꿈꾸었던 아름다운 미래는 전쟁으로 인해 참혹히 사라져 버리고 말았다. 미국이라는 나라는 그들에게 꿈을 실현시켜 주기는커녕 명분 없는 전쟁으로 꽃다운 나이의 젊은이들을 죽음의 현장인 전쟁터로 내몰기만 했던 것이다. 국가는 어떠한 명분으로, 무슨 이유로, 어떤 권리로 그들의 평범했던 미래의 꿈을 빼앗은 것인가? 전쟁에서 허망하게 목숨을 잃은 닉, 평생 불구로 살아가야 하는 스티븐, 가장 사랑했던 사람을 잃은 마이클, 그들은 삶은 누가 책임져 줄 것인가? 국가는 개인에게 왜 이런 희생을 강요하는 것일까? 전쟁의 정당성이 어느 정도 중요하길래, 그러한 희생을 가볍게 여기는 것일까?

비록 가난했지만, 평화롭고 가끔은 행복한 일상을 누릴 수 있었던 생활, 그중의 하나였던 사슴 사냥도 그들은 이제 더 이상 할 수가 없었다.

세 친구 중에 마이클만 성한 몸으로 돌아왔지만, 마이클은 동네 사람들 앞에 자신의 모습을 드러내지 못한다. 전쟁터에서 사망한 닉과 불구가 된 스티븐을 생각할 때 자신의 성한 몸을 보여주는 것이 꺼려졌기 때문이었다. 마이클은 오랫동안 몰래 연모의 정을 가지고 있던 닉의 애인 린다(메릴 스트립)가 자기를 기다리는 모습을 멀리서 지켜만 볼 수밖에 없었다.

이때 나오는 음악이 바로 카바티나이다. 스탠리 마이어스가 작곡하고 존 윌리엄스가 연주하여 이 영화의 주제곡으로 사용되었다. 기타의 애잔한 소리는 세 젊은이의 아픈 상처를 구슬프게 들려주는 듯하다. 카바티나를 들을 때마다 평범한 일상이 얼마나 소중한지를 가슴 깊이 느끼게 되는 것 같다.

39. 브람스를 좋아하세요

　프랑수아즈 사강은 왜 자신의 책 제목을 "브람스를 좋아하세요..."라고 했을까? 내가 아는 바로는 프랑스 사람들은 브람스를 좋아하지 않는다. 이 소설은 당시 영화로도 만들어졌는데, 여주인공 폴은 당대 최고의 여배우 잉그리드 버그만이, 남자 주인공 로제는 이브 몽땅, 그리고 시몽은 안소니 퍼킨스가 역할을 맡았다.

　소설의 줄거리는 간단하다. 여주인공 폴이 로제와 동거하다가 사이가 멀어진 후, 자신보다 나이가 훨씬 어린 시몽을 만나 지내다가 다시 로제와 합친다는 것이다. 하지만 이 간단한 줄거리에도 불구하고 사강은 사랑의 본질에 대해 깊이 있는 울림을 준다.

　소설에서 주인공 폴은 로제와 함께 커다란 문제없이 동거하고 있지만, 시간이 흐르면서 서로에게 서서히 지쳐갔다.

　"로제가 도착하면 그에게 설명하리라, 설명하려 애쓰리라. 자신이 지쳤다는 것, 그들 두 사람 사이에 하나의 규율처럼 자리잡은 이 자유를 이제 자신은 더 이상 어떻게 할 수 없다는 것을. 그 자유는 로제만 이용하고 있고, 그녀에게는 자유가 고독을 의미할 뿐이 아니던가. 문득 그녀는 아무도 없는 자신의 아파트가 무섭고 쓸모없게 여겨졌다. 그가 그녀를 혼자 자게 내버려 두는 일이 점점 더 잦아지고 있었다. 아파트는 텅 비어 있었다. 두 눈에 눈물이 고였다. 오늘 밤도 혼자였다. 그리고 앞으로의 삶 역시 그녀에게는, 사람이 잔 흔적이 없는 침대 속에서, 오랜 병이라도 앓은 것처럼 무기력한 평온 속에서 보내야 하는 외로운 밤들의 긴 연속처럼 여겨졌다."

로제는 폴과 동거하면서도 다른 여자를 만나는 자유분방한 사람이었다. 하지만 로제의 마음 속에는 항상 폴이 있었다.

"로제는 자기 집 앞에 차를 세워 놓고 오랫동안 걸었다. 그는 심호흡을 하면서 조금씩 보폭을 넓혔다. 기분이 몹시 좋았다. 폴을 만날 때 마다 그는 무척 기분이 좋아졌다. 그가 사랑하는 사람은 오직 그녀뿐이었다. 오늘 밤 그녀 곁을 떠나면서 그녀가 슬퍼하는 것을 느꼈지만 그는 뭐라고 말해 줘야 할지 알 수 없었다."

지쳐가는 폴에게 갑자기 나타난 사람이 연하의 젊은 남자 시몽이었다. 시몽은 한 눈에 폴에게 반하고, 그녀에게 가까이 다가가고자 생각했던 것이 바로 브람스 음악회였다. 브람스를 좋아하지 않는 프랑스 사람들에게 브람스 음악 연주회를 가기 위해서는
"브람스를 좋아하세요...."
라는 질문을 하지 않을 수가 없었을 것이다.

브람스는 자신보다 14살 연상인 로버트 슈만의 아내 클라라 슈만을 평생 마음에 품은 채 독신으로 살았다. 시몽은 자신보다 연

상인 폴을 보면서 브람스를 생각했는지도 모른다.

　이 질문을 받고 폴은 많은 생각을 한다. 갑자기 다가온 젊은 시몽이 싫지는 않았다. 하지만 그녀에게는 오랫동안 같이 지냈던 로제가 있었다.

　"브람스를 좋아하세요…"라는 질문을 받았을 때 폴은 로제와 함께 했던 시간들을 회상하며 생각에 잠긴다.

　"자기 자신 이외의 것, 자기 생활 너머의 것을 좋아할 여유를 그녀가 아직도 갖고 있기는 할까? 물론 그녀는 스탕달을 좋아한다고 말하곤 했고, 실제로 자신이 그를 좋아한다고 여겼다. 그것은 그저 하는 말이었고, 그녀는 그 사실을 알고 있었다. 마찬가지로 어쩌면 그녀는 로제를 진정으로 사랑하는 것이 아니라 사랑한다고 여기는 것뿐인지도 몰랐다."

　그리고 로제와 헤어진 후 시몽과 동거를 시작한다. 하지만 그녀의 마음 깊은 곳엔 로제가 자리 잡고 있었다. 어느 날 식당에 간 폴과 시몽은 다른 여인과 함께 온 로제를 만나게 된다. 식사를 하고 폴은 시몽과 그리고 로제는 다른 여인과 춤을 추기 시작한다.

　"저녁 식사 후 그들은 춤을 추었다. 로제는 그 여자 앞에서 언제나처럼 어색하게 몸을 이리저리 움직이고 있었다. 시몽이 일어났다. 그의 춤은 능숙했다. 두 눈을 감춘 채 그는 유연하고 날렵하게 춤을 추면서 노래를 흥얼거렸다. 그녀는 시몽에게 몸을 내맡겼다. 어느 순간 그녀의 드러난 팔이 가무잡잡한 여자의 등에 두르고 있던 로제의 손을 스쳤다. 그녀는 눈을 떴다. 로제와 폴,

그들 두 사람은 상대의 어깨 너머로 서로를 바라보았다. 움직임도, 리듬도 없는 느린 춤곡이 흐르고 있었다. 그들은 아무런 표정도 짓지 않은 채, 미소조차 보이지 않은 채, 서로 알은체도 하지않은 채 십 센티미터 거리에서 서로를 응시하고 있었다. 어느 순간 갑자기 로제는 여자의 등에서 손을 떼어 폴의 팔을 향해 뻗었다. 그의 손가락 끝이 그녀의 팔에 와 닿았다. 순간 그의 얼굴에 떠오른 표정이 어찌나 간절했던지 그녀는 눈을 감지 않을 수 없었다. 이윽고 시몽은 몸을 돌렸고, 로제와 폴은 더 이상 서로의 모습을 볼 수 없었다."

폴과 로제의 손가락이 닿는 순간 폴은 로제에 대한 자신의 마음을 깨닫는다. 그리고 폴은 시몽과 이별을 고하고 로제와 다시 합친다. 폴과 로제는 다시 동거를 시작했지만 로제가 예전과 달라진 것은 없었다.

사강은 사랑의 덧없음에 주목한다. 실제 사강이 사랑을 믿느냐는 인터뷰에 그녀는 답했다.

"농담하세요? 제가 믿는 건 열정이에요. 그 외엔 아무것도 믿지 않아요. 사랑은 2년 이상 안 갑니다. 좋아요, 3년이라고 해 두죠."

사랑은 영원할 수 있을까? 글쎄 잘 모르겠다. 하지만 생각해 보면 사랑은 그냥 받아들임 아닐까 싶다. 그것이 자신 없다면 사랑을 시작하지도 말아야 할 것이다. 사랑은 자신을 위한 것이 아니기에 어렵다. 나에게 손해가 되는 것이기에 힘들다. 내 자신을 앞

세운다면 사랑은 인스턴트 커피 마시는 정도로 만족해야 한다. 그렇지 않다면 사랑은 없다.

영화에 나오는 브람스의 음악에는 교향곡 제3번 3악장이 있다. 브람스 교향곡 중에서 가장 아름답고 낭만적인 선율이다. 그의 음악 중에 가장 대중적으로도 널리 알려진 곡이다. 영화 주인공의 낭만적인 사랑을 브람스의 이 멜로디가 가장 잘 표현하고 있는 것이 아닐까 싶다.

40. 저녁 바람은 부드럽게 불고

  억울하게 누명을 쓰고 감옥에 수십 년간 복역을 하게 된다면 얼마나 자유가 그리울까? 자신의 저지른 잘못이 없는데도 불구하고 소중한 인생의 그 많은 시간을 아무런 죄도 없이 험악한 감옥에서 살아가야 된다면 우리는 어떤 선택을 하게 될까? 아마 수단과 방법을 위해 탈출하는 생각만 하게 될 것이다. 쇼생크 감옥에 복역하게 된 앤디(팀 로빈스)가 바로 그 경우였다. 그는 자신의 자유를 위해 탈출 계획을 치밀하게 세웠고, 어느 정도 그 희망을 갖게 되었다.

  어느 날 갑자기 앤디가 복역하던 쇼생크 교도소 전역에 설치된 스피커에서 모차르트의 음악이 들려온다. 일하던 죄수들은 무엇이 잘못되었는지 싶어 멍하니 그 음악이 들려오는 쪽을 향해 바라보기만 하고 있다. 모차르트의 음악은 그들에게 최면을 걸듯 그들 모두 하던 일을 멈추게 만들고, 죄수들은 그 음악에 홀린 채 듣기만 하고 있다.

  "나는 지금도 그때 두 이탈리아 여자들이 무엇을 노래했는지 모른다. 사실 알고 싶지도 않다. 때로는 말하지 않는 것이 최선의 경우도 있는 법이다. 노래가 말로 표현할 수 없을 정도로 아름다웠다. 그래서 가슴이 아팠다. 이렇게 비천한 곳에서는 상상도 할수 없는 높고 먼 곳으로부터 새 한 마리가 날아와 우리가 갇혀 있는 삭막한 새장의 담벽을 무너뜨리는 것 같았다. 그 짧은 순간, 쇼생크에 있는 우리 모두는 자유를 느꼈다."

그 음악은 쇼생크 감옥에 억울하게 갇혀 있었던 앤디가 간수의 방에서 발견한 모차르트의 '피가로의 결혼'에 나오는 〈편지의 이중창〉이었다.

앤디는 동료 죄수들에게 잠시나마 자유를 느낄 수 있도록 해주었다. 그 무엇보다도 황홀한 선물이었을 것이다. 모차르트의 음악을 들었던 모든 죄수들은 하나같이 이 아름다운 음악에 넋을 잃는다.

이 편지의 이중창의 내용은 다음과 같다.
"부드러운 산들바람이
부드러운 산들바람이
오늘 저녁 불어옵니다
오늘 저녁 불어옵니다
소나무 둥치 아래로
소나무 둥치 아래로
나머지는 그가 다 알아차릴거야
물론 주인님께서도 알아차리시겠지요."
자유하고는 아무런 상관없는 내용이었다. 그저 두 사람이 바람이 불어온다는 것을 주고받는 대화일 뿐이다.

그런데 쇼생크 감옥에서 이 음악을 들었던 죄수들은 전에 느껴보지 못했던 감정, 인간다운 삶에 대한 그리움, 진정한 자유의 갈망 같은 것을 느낄 수 있었다. 모차르트 음악의 힘은 그 내용에 상관없이 그들의 마음에 그렇게 울림을 주었다. 쇼생크 감옥의 죄수들에게는 아마 그 무엇보다도 가장 소중한 선물이 아니었을까?

41. 안단테 칸타빌레

　안단테 칸타빌레는 천천히 걸으면서 서정적인 노래를 읊조리는 템포이다. 1876년 톨스토이의 모스크바 방문을 환영하는 자리에서 이 곡이 연주되었는데, 톨스토이는 이 곡을 듣고 너무 감동하여 눈물을 흘렸다고 한다. 그리고는 이 곡을 작곡하여 들려준 차이코프스키에게 커다란 고마움을 전했다고 한다.

　우리는 매일 정말 바쁘게 살아간다. 무엇을 위하여 그렇게 정신없이 하루를 보내고 있는 것일까? 안단테 칸타빌레는 어쩌면 우리의 일상과 완전히 반대되는 빠르기이다. 가만히 생각해 보면 빠른 음악도 좋지만, 느린 음악을 들을 때도 많은 위로와 편안함을 느끼는 것이 사실이다.

　솔직히 말한다면 나는 빠른 음악을 그리 많이 듣지 않는다. 피아노 협주곡의 경우 2악장을 좋아하는 이유가 아마 이것과 연관되는 것이 아닐까 싶다. 베토벤의 황제가 그렇고, 비창 또한 마찬가지이다. 소위 '느림의 미학'이라고나 할까? 하루종일 바쁘게 살았으니 저녁 시간이라도 천천히 보내고 싶은 마음뿐이다. 이제는 많은 것을 이루기보다는 정말 중요한 것을 위한 시간이 필요하다는 생각이다.

차이코프스키의 안단테 칸타빌레처럼 이제는 천천히 걸어도 되지 않을까 싶다. 걸으면서 노래를 읊조리듯, 지나온 나의 시간을 돌이켜 보고, 앞으로 남아 있는 시간이 얼마가 될지 알 수 없기에, 이제는 결코 급하게 서두르지 말고, 깊이 생각하여 중요한 것을 선별하여, 정말 중요한 것만이라도 해낼 수 있기만을 바랄 뿐이다.

살아갈수록 생각해 보면 우리의 삶은 별 차이가 없는 것 같다. 모든 것은 어차피 상대적일 뿐, 절대적인 기준이나 가치는 아무런 의미가 없다는 생각이 든다. 만약 그러한 것이 있다면 나는 차라리 그것을 일찌감치 포기하고 싶은 마음이다. 나 스스로가 완벽하지 못한 데 그러한 것을 추구하다 더 소중한 무언가를 잃을 것 같다는 두려움 때문이다.

바람이 내게 불어오면 바람을 느끼고, 비가 내리면 비 냄새를 흠씬 맡아보고, 피부로 그 신선한 비의 감촉도 느껴보고, 석양의 붉은 노을도 바라보고, 밤이 되면 밤하늘의 별도 가끔씩은 바라보고 싶다. 그렇게 자연을 느끼다가 시간이 되면 잠자리에 들기 전 안단테 칸타빌레를 들으면서 잠을 청하고 싶다. 나에게는 그 이상의 욕심은 이제 없다.

42. 이별의 노래

쇼팽은 그의 평생에 피아노 에뛰드 27개를 남겼다. 에뛰드는 흔히 연습곡이라 하여 피아노 연습을 위해 작곡한 음악이다. 그런데 쇼팽의 에뛰드는 연습곡이 아닌 연주곡으로 사용된다. 그만큼 쇼팽의 음악적 능력이 탁월하다는 것이 아닐까 싶다.

쇼팽의 에뛰드 중에 가장 많이 알려진 것이 바로 '이별의 노래'이다. 서정적이면서 너무나 섬세한 선율은 쇼팽의 내면 그대로를 보여주는 듯하다. 쇼팽만이 표현할 수 있을 듯한 멜로디와 피아노 기법이 구현된 것이 아닐까 싶다.

쇼팽의 조르주 상드와의 아름다운 사랑도 결국 파국을 맞고 말았다. 평생을 같이 할 수 있을 줄 알았지만, 그렇게 헤어지고 나서의 아픔을 피아노 연주로 어김없이 보여주고 싶었던 것일까?

이별은 누구에게나 슬픔을 안겨줄 수밖에 없을 것이다. 쇼팽 또한 예외가 아닐 것이다. 이별을 하는 데 있어서 그 이유와 원인이 무슨 소용이 있겠는가? 이제는 볼 수 없으니 그저 마음이 아프고 무거울 뿐이다.

사람은 만나면 헤어지는 것이 인지상정인지는 모르나, 그 아픔과 슬픔을 감당하는 것은 그리 쉬운 일은 아닐 것이다. 진정으로 사랑했던 사람일수록 그 헤어짐의 깊이는 클 수밖에 없을 것이고, 이를 이겨내는 것 또한 어려울 수밖에 없을 것이다. 쇼팽은 아마 조르주 상드하고 헤어져서도 오랫동안 그녀를 생각했던 것은 아닐까?

Tristezza (이별의 노래)

È triste il mio cuor senza di te
그대가 없으니 내 마음은 슬픔으로 가득합니다.

che sei lontana e più non pensi a me,
그대는 멀리 떠나있고 더 이상 나를 생각하지 않으니

Dimmi perché
이유를 말해주오.

fai soffrir quest'anima che t'ama e ti vuole vicin
이 영혼이 고통스러운 것은, 그대를 가까이 두고 싶어 하는데…

sei tu la vision che ogni sera
그대는 매일 밤마다 나타나서

sognar fa il cuor che nell'amore spera,

사랑을 갈망하는 내 마음을 꿈꾸게 합니다.

ma è un'illusion

그러나 그것은 다 환상일 뿐…

più da me non tornerai

그대는 더 이상 나에게 돌아오지 않겠지

forse un'altro bacerai

아마도 다른 사람과 입 맞추고 있겠지

mentre triste vola la canzon che canto a te

내가 그대에게 부르는 노래가 슬픔 속에 흐르는 동안

solamente a te dolce sogno d'or

그대만을 위한 달콤한 꿈을

Questo vuole il cuor

내 마음은 원합니다.

Triste senz'amor. 그대가 없으니 슬픕니다.

43. Lost stars

 왠지 모르게 끌렸던 영화 비긴 어게인, 그레타(키이라 나이틀리)와 데이브(애덤 리바인)은 헤어질 수밖에 없었던 것일까? 오랜 세월 연인으로 잘 지내왔고, 음악적으로도 완벽한 파트너였는데 무슨 이유가 더 중요해서 그렇게 스쳐 지나가는 인연이 되고 말았던 것일까?

 물론 그레타가 그녀를 알아주는 댄(마크 러펄로)를 다시 만나기만 했지만, 마음에 남아 있던 감정과 함께했던 그 추억은 오래도록 계속될 수밖에 없었을 것이다.

 그레타에게 새로운 노래를 들려주는 데이브, 하지만 그레타는 그 음악에서 예전의 데이브가 아님을 느낄 수밖에 없었다. 사랑은 세월에 따라 그렇게 변해갈 수밖에 없는가 보다.

 그레타의 재능을 알아보고 그녀에게 새로운 희망을 주는 댄, 중요한 것을 잃어버린 것 같지만 다시 자신의 길을 갈 수 있었던 그레타, 삶을 그렇게 돌고 도는 것인지 모른다.

Please don't see just a boy caught up in dreams and fantasies.

저를 꿈과 환상에 사로잡혀있는 소년이라고 생각하지 말아요.

Please see me reaching out for someone I can't see.

나를 내가 볼 수 없는 사람에게 손을 내밀고 있는 사람으로 봐줘요.

Take my hand, let's see where we wake up tomorrow.

제 손을 잡고 내일은 어디서 잠을 깨는지 봐요.

Best laid plans sometimes are just a one night stand.

잘 짜여진 계획도 때로는 한순간만을 모면할 뿐이죠.

I'll be damned Cupid's demanding back his arrow

큐피드가 그의 화살을 다시 요구하네요, 난 어찌해야 할까요.

So let's get drunk on our tears.

그러니까 우리 눈물에 한번 취해봐요.

And God, tell us the reason youth is wasted on the young

하나님, 젊은이들이 왜 젊음을 낭비할 수밖에 없는지 그 이유를 우리에게 말해주세요.

It's hunting season and the lambs are on the run, searching for meaning.
사냥의 계절이 왔고, 양들은 살기 위해 뛰네요. 참 의미 없지 않나요.

But are we all lost stars, trying to light up the dark?
우리는 어둠을 밝히려고 애쓰는 길 잃은 별들인가요?

Who are we? Just a speck of dust within the galaxy?
우린 누굴까요? 그저 이 우주의 작은 먼지의 불과한 걸까요?

Woe is me, if we're not careful, turns into reality.
슬픈 사실은, 조심하지 않으면, 그게 현실로 변해버릴 거예요.

Don't you dare let our best memories bring you sorrow.
우리의 행복했던 기억들 떠올리며 울지 말아요.

Yesterday I saw a lion kiss a deer,
어제 난 사자가 사슴에게 입맞춤을 하는 것을 보았어요.

Turn the page, maybe we'll find a brand new ending
페이지를 넘기면, 새로운 결말을 찾게 될지도 몰라요.

where we're dancing in our tears.
우리가 눈물 속에서 춤추는 곳에서 다른 곳으로 말이에요.

And God, tell us the reason youth is wasted on the young
하나님, 젊은이들이 왜 젊음을 낭비할 수밖에 없는지 그 이유를
우리에게 말해주세요.

It's hunting season and the lambs are on the run, searching
for meaning.
사냥의 계절이 왔고, 양들은 살기 위해 뛰네요. 참 의미 없지 않
나요.

But are we all lost stars, trying to light up the dark?
우리는 어둠을 밝히려고 애쓰는 길 잃은 별들인가요?

I thought I saw you out there crying.
당신이 저 밖에서 울고 있다고 착각했어요.

And I thought I heard you call my name.

당신이 내 이름을 부르고 있다고 착각했어요.

And I thought I heard you out there crying.
당신이 저 밖에서 울고 있다고 착각했어요.

Oh, just the same
오, 달라진 게 없어요

God, give us the reason youth is wasted on the young
하나님, 젊은이들이 왜 젊음을 낭비할 수밖에 없는지 그 이유를
우리에게 주세요.

It's hunting season and this lamb is on the run, searching
for meaning.
사냥의 계절이 왔고, 이 양은 살기 위해 뛰네요. 참 의미 없지 않
나요.

But are we all lost stars, trying to light up this dark?
우리는 이 어둠을 밝히려고 애쓰는 길 잃은 별들인가요?

I thought I saw you out there crying.
당신이 저 밖에서 울고 있다고 착각했어요.

And I thought I heard you call my name.

당신이 저 밖에서 날 부르고 있다고 착각했어요.

And I thought I heard you out there crying.

당신이 저 밖에서 울고 있다고 착각했어요.

But are we all lost stars, trying to light up the dark?

우리는 어둠을 밝히려고 애쓰는 길 잃은 별들인가요?

But are we all lost stars, trying to light up the dark?

우리는 어둠을 밝히려고 애쓰는 길 잃은 별들인가요?

44. 그랑 파르티타

    천상의 음악이란 무엇일까? 어디선가 홀연히 들리는 음악이 내가 하고 있는 모든 일을 멈추게 한다. 천국에서 천사들이 연주들 하는 것일까? 음악을 듣는 것 말고도 다른 일에 집중할 수가 없다.

    "그게 바로 모차르트였소. 음탕하게 히히덕거리는 녀석. 악보만 보면 별거 아니었소. 시작은 단조롭고, 거의 코믹했소. 조용히 들려오는 파곳, 녹슨 아코디언 같은 호른, 갑자기 오보에의 높은음이 들리더니 그 여운이 사라지기도 전에 클라리넷이 가세하고, 달콤한 소리는 점점 환의로 바뀌어 갔소. 그건 남의 흉내나 내는 원숭이의 작품이 아니었소. 그 음악은, 신의 목소리처럼 울려 퍼졌소. 왜 신은 자신의 도구로 저런 녀석을 선택하셨을까?"

    영화 〈아마데우스〉에서 살리에르가 모차르트의 재능을 감탄하면서 하는 독백이다. 천재는 그렇게 하늘이 내려주는 것일까? 당대 최고의 음악가였던 살리에르였지만, 모차르트의 천부적인 재능 앞에 그는 고개를 숙일 수밖에 없었다.

    신에게 그토록 간절히 애원했건만, 살리에르에게 돌아오는 것은 모차르트의 천상의 음악을 듣고 눈물을 흘리는 것이 전부였다.

'그랑 파르티타'는 모차르트가 찰스부르크를 떠나 빈에 정착했을 초기에 작곡한 것으로 세레나데 장르에 속하지만, 교향곡에 필적하는 걸작으로 꼽힌다.

천사들이 모차르트에게 하늘의 선율을 알려주기라도 했던 것일까? 이 음악이 가슴 깊이 스며드는 이유를 나도 어떻게 설명해야 할지 잘 모르겠다. 어딘지 모를 이상향을 바라보게 되는 것 같고, 모든 것을 다 잃었으나 전혀 불행하다는 생각이 들지 않는 것 같고, 아무것도 나에게 남은 것은 없으나 그런 것이 하나도 중요하지 않은 것 같고, 더 이상 얻을 수 있는 것이 없어도 행복을 느낄 수 있을 것만 같다.

모차르트의 그랑 파르티타는 소박하고 단순한 것 같지만, 가늠할 수 없을 정도의 깊이가 있는 인생, 애틋하고 아름다우면서 동경하게 되는 환상의 나라를 연주하는 듯하다. 3월이 끝나가는 마지막 날 그랑 파르티타를 들으며 마무리하고 싶었다.

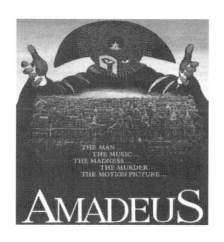

45. 라르고

 마음속이 복잡할 때마다 헨델의 라르고를 듣는다. 만약 누군가 내게 가장 좋아하는 음악을 꼽으라고 한다면 단연 이 음악을 선택하고 싶다.

 "내 사랑하는 나무의 부드럽고 아름다운 잎사귀여, 운명이 네게 친절히 미소 짓길, 천둥, 번개, 폭풍이 네 평화를 어지럽히지 않기를, 바람이 너를 모욕하지 않길, 달콤하고 사랑스러운 그대의 시원한 그늘."

 헨델의 오페라 〈세르세〉의 첫머리에 나오는 아리아인 '시원한 그늘'의 노래 가사이다. 운명이라는 것은 나의 영역 밖이기에 내가 할 수 있는 것은 그리 많지 않다는 것을 너무나 잘 알고 있다. 내가 하는 것은 오직 기도뿐이다. 운명이 나에게 제발 친절해 주길, 고통과 어려움과 상처 없는 그저 평범한 일상이 이어주길, 영광이나 환희도 필요 없으니 조용히 살아갈 수 있기를 기원할 뿐이다. 나에게는 일상이라는 것이 그저 조용하게 나무 그늘 아래서 쉬면서 시원한 바람이나 쐬는 것으로 충분하다.

 나는 이제 천둥이나 번개, 폭풍 같은 것이 두렵다. 이제는 그러한 것을 극복할 용기도 의지도 사라져 버린 듯하다. 오직 평화만을 갈구하고 있는 나 자신이 겁쟁이인지 모른다. 하지만 솔직히 이제는 겁쟁이가 돼도 상관없다는 생각이다.

매일 평안하고 안식할 수 있는 그러한 날들로 이어질 수 있다면 얼마나 좋을까? 이제는 하고 싶은 것을 하지 않더라도 상관없고, 원하는 것이 이루어지지 않더라도 관계없다. 욕심 많았던 젊은 시절이 후회스럽고, 앞만 보고 달렸던 지나간 세월이 부끄러울 뿐이다.

그래서 오늘도 헨델의 라르고를 듣는다. 전에는 나 자신을 위해 기도한 적이 별로 없지만, 이제는 시원한 그늘에서 봄바람을 느낄 수 있는 일상이 되도록 오늘도 기도한다.

Ombra mai fü

Di vegetabile

Cara ed amabile

Soave più

Ombra mai fü

Di vegetabile

Cara ed amabile

Soave più

Cara ed amabile

Ombra mai fü

Di vegetabile

Cara ed amabile

Soave più

Soave più

46. 아베마리아

프랑스의 구노, 이탈리아의 카치니 그리고 슈베르트의 아베마리아를 3대 아베마리아라고 한다. 가장 종교적인 음악 중의 하나가 아닐까 싶다.

슈베르트의 아베마리아는 그가 28세 되는 해에 작곡한 것으로 월터 스콧의 서사시인 '호수의 여인'의 6번째 곡이다. 원래 제목은 '엘렌의 노래'로 어린 딸인 엘렌이 아버지의 죄를 용서해 달라고 성모 마리아에게 간절히 기도하는 노래이다. 아버지와 함께 추방된 엘렌이 호숫가 바위 위에 있는 성모상 앞에서 무릎을 꿇은 채 자신과 아버지에게 평화로운 안식을 내려달라고 기원한다. 고요한 호숫가에서 들리는 듯한 선율을 마음의 평안을 진정으로 원하는 간절함이 스며 있는 듯하다.

월터 스콧은 시뿐만 아니라 역사 소설인 '아이반호'의 작가로도 널리 알려져 있다. 서사시 '호수의 여인'은 그의 나이 39세 때 출판되었다.

엘렌은 제임스 5세에게 추방당한 더글라스의 딸이었는데 그녀는 젊은 전사인 말콤을 사랑하고 있었다. 하지만 더글라스는 엘렌이 반란군의 지도자인 로드릭과 결혼하기를 원했다. 말콤은 사실 스코틀랜드의 젊은 왕이었으나 자신의 신분을 숨기고 있었던 상황이었다. 그는 엘렌이 위험에 처할 경우 도움을 받을 수 있는 스코틀랜드의 왕을 상징하는 반지를 그녀와의 사랑의 징표로 엘렌에게 준다. 반역자의 딸인 엘렌과 젊은 왕의 사랑 그리고 그 과정에서 일어나는 역경들이 월터 스콧 서사시의 내용이다. 비록 반역자였지만, 사랑하는 아버지를 위한 엘렌의 간절한 기도는 이루어졌을까? 아베마리아의 선율에는 엘렌의 그 진실한 마음이 깊이 담겨져 있다는 것을 너무나 절실하게 느낄 수 있는 것 같다.

Ave Maria! Jungfrau mild!
Erhoere einer Jungfrau Flehen!
Aus diesem Felsen starr und wild
soll mein Gebet zu dir hin wehen.

Wir schlafen sicher bis zum Morgen,
ob Mesnchen noch so grausam sind.
O Jungfrau, sieh der Jungfrau sorgen,
O Mutter, hoer ein bitten Kind! Ave Maria!

아베마리아!
자애로우신 성처녀여!
처녀의 기도를 들어주소서!

당신은 이 험한 땅에서 바치는 기도를 들으시고
절망의 한복판에서 우릴 구해주실 수 있지요.
쫓겨나고 버려져 모욕당한 우리지만
두려움없이 잠들 수 있도록 지켜주소서!
동정녀 마리아여,
처녀의 기도를 들어주소서!
어머니여 당신께 간절히 기도하는
자녀의 기도를 들어 주소서!
아베마리아!

Ave Maria!
Unbefleckt!
Wenn wir auf diesen Fels hinsinken zum Schlaf,
und uns dein Schutz bedeck,
Wird weich der harte Fels uns duenken.
Du laechelst, Rosenduefte wehen
In dieser dumpfen Felseonkluft,
O Mutter, hoere Kindes Flehen,
O Jungfrau, eine Jungfrau ruft! Ave Maria!

아베마리아!
죄없은 이여!

저희가 이 바위에 쓰러지고 잠들어도 당신이 보호해주소서
굳은 바위가 부드러워질 것입니다.
당신이 미소지으시면 이 습기 가득한 바위 틈도
장미향에 흩날리리라.
오 어머니여,
어린 자녀의 기도를 들어주소서,
동정녀시여!
소녀가 간절히 부릅니다!
아베마리아!

Ave Maria!
Reine Magd!
Der Erde und der Luft Daemonen,
Von deines Auges Huld verjagt,
sie koennen hier nicht bei uns wohnen,

Wir wolll'n uns still dem Schicksal beugen,
Da uns dein heil'ger Trost anweht;
Der Jungfrau wolle hold dich neigen,
Dem Kind, das fuer den Vater fleht.
Ave Maria!

아베마리아!

순결한 동정녀여!

땅과 공기 속의 악마들은 성모님의 눈에서

나오는 은총으로 쫓아내어 우리 곁에 있을 수 없게 되리니,

당신의 성스러운 위로가 우리와 함께 하기에,

우리는 운명에 굴복하지 않을 것입니다.

동정녀께 간청합니다.

아버지를 위해 간절히 기도하는 이 어린 자녀를 굽어보소서. 아
베마리아!

47. 크로이체르 소나타

톨스토이의 소설 〈크로이체르 소나타〉는 베토벤의 '크로이체르 소나타'와 그 흐름이 비슷하지 않을까 싶다. 소설에서 주인공 포즈드니셰프는 아내를 살해하게 된다. 살해의 원인은 다름 아닌 음악 때문이었다.

평상시 아내가 자주 부부싸움을 했던 그는 아마추어 피아니스트였던 아내가 바이올리니스트 트루하체프스키와 소나타를 연습하는 것을 보고 심한 질투에 사로잡힌다. 파리에서 온 트루하체프스키는 최신 유행을 타는 멋진 젊은 남자였다. 아내는 그를 만나고 나서부터 평상시와는 다르게 삶에서 생기가 돌기 시작한다.

포즈드니셰프는 아내와 트루하체프스키가 어느 날 파티장에서 둘이 함께 베토벤의 '크로이체르 소나타'를 연주하는 모습을 보고, 두 사람이 '음악으로 맺어진 음욕 관계'라고 확신하기 시작한다.

포즈드니셰프는 말한다.

"그들은 크로이체르 소나타를 연주했습니다. 처음 나오는 프레스토를 아세요? 이 소나타는 정말 무시무시합니다. 음악이 영혼을 고양시킨다는 것은 헛소리이고 거짓말입니다. 음악은 영혼을 자극할 따름입니다. 에너지와 감정을 끌어올려 파멸로 이어지게 합니다."

크로이체르 소나타를 들으면서 포즈드니셰프의 말을 생각해 보면 어느 정도 일리가 있음을 쉽게 느낄 수 있다. 베토벤의 이 음악은 모차르트의 자연스러운 음악의 흐름이 아니다. 인간의 격정적인 감정이 숨어 있다가 어느 순간 서슴지 않고 튀어나오는 듯하다. 그 내면의 기다렸다가 터지는 에너지가 사랑의 열정과 너무 흡사하다.

처음 바이올린의 연주는 조심스러우면서 천천히 진행하나 어느 정도 지나고 나면 격렬하게 달려가기 시작한다. 사랑의 열정에 사로잡혀 어딘지도 모른 채 정신없이 질주하는 것 같다. 그 어떤 것도 이 감정을 조절할 수 없을 듯하다. 그러나 2악장에 이르면 낭만적이면서도 우아한 느낌으로 변해간다. 여러 변주가 시작되는 것은 사랑의 진화이다. 조절과 적응이 주고받고 있는지도 모른다.

그리고 더 시간이 지나면 다시 빠르고 격렬한 프레스토가 시작된다. 이제는 그 어떤 것을 생각하지 않고 오직 감정에만 충실하게 정신없이 달려간다. 파국의 피날레가 느껴진다. 치명적인 사랑에 빠졌기에 불행한 사랑임을 알면서도 감정에 헤어 나오지 못한다. 브레이크 없는 자동차의 질주와도 같다. 그렇게 감정은 점점 고조되다가 잠시 조용해진다. 마지막을 준비하는 것인지도 모른다. 그러다 결국 크로에체르 소나타는 벼랑 끝에서 떨어지는 듯 갑자기 추락하는 듯한 느낌으로 끝나버린다. 바로 포즈드니셰프와 그의 아내와의 사랑의 끝이 그렇게 끝이 나버리고 마는 것이다.

톨스토이는 왜 〈크로에체르 소나타〉라는 소설을 썼을까? 그 자신의 삶과 아무런 연관이 없지는 않았을 것이다. 그의 결혼 생활과 말년의 삶을 보면 어느 정도 짐작할 수 있다. 톨스토이는 이런 말을 남겼다.

"평생을 한 여자 또는 한 남자와 사랑한다는 것은 양초 하나가 평생 탄다는 것과 다를 바 없습니다."

대문호 톨스토이에게도 사랑은 커다란 상처를 남겨주었던 것일까?

48. 1812년 서곡

1812년 6월 24일 러시아 모스크바를 침공한 나폴레옹, 그는 당시 65만 명이라는 대군을 이끌고 러시아를 정복하고자 했다. 손쉽게 러시아를 제압하리라 생각했던 나폴레옹이었지만. 러시아 국민들의 저항은 생각 의외로 강했다. 격렬한 전투 끝에 결국 러시아는 나폴레옹의 막강한 군대를 물리치게 된다. 당시 러시아는 강한 대국이 아니었기에 러시아 사람들이 가장 자랑스럽게 여기는 역사적 사건이었다. 당대 세계 최강의 군대였던 나폴레옹을 물리쳤다는 그 사실 자체가 그들에게 엄청난 의미와 자긍심을 갖게 해주었다.

1882년 차이코프스키는 모스크바 세계 박람회에서 연주할 곡을 부탁받는다. 이에 그는 러시아가 나폴레옹 군대를 물리쳤던 그 역사적 사건을 배경으로 작곡하는데 그것이 바로 1812년 서곡이다.

이 서곡의 첫 대목은 '신이여, 차르를 보호하소서'라는 러시아 국가의 선율을 현악기가 웅장하게 연주를 한다. 그 뒤를 이어 러시아 차르가 머무는 크렘린궁의 종소리와 대포 축포를 울리는 대포 소리가 힘을 더하여 울려 퍼진다.

대포 소리가 울려 퍼진 후 프랑스군은 최후의 전투를 벌이다가 서서히 퇴각하는 듯한 울림이 있다. 러시아의 승리가 가까이 왔다는 것을 느낄 수 있다.

차이코프스키는 어떻게 이런 전쟁의 이야기를 음악으로 만들 수 있을 것이라 생각했을까? 게다가 악기도 아닌 종소리나 대포 소리가 어떻게 음악의 한 부분을 차지할 수 있을 것이라 생각했던 것일까?

이유야 어떻든 러시아 사람들은 이 음악을 들음으로써 자기 민족의 자긍심과 우월함을 만끽할 수 있으리라는 것은 충분히 짐작하고도 남는다.

하지만 지금의 역사적 상황은 완전히 다른 듯하다. 이제는 러시아가 프랑스가 걸었던 그런 길을 걷고 있으니 말이다. 러시아의 침공을 받은 나라는 어떠한 음악을 만들어 내야 하는 것일까?

49. 백조는 왜 흑조가 되어야 했을까?

차이코프스키의 발레 '백조의 호수'에는 백조와 흑조가 나온다. 여기서 주인공을 맡는 발레리나는 1인 2역을 해야 한다. 바로 백조와 흑조의 역할이다. 하지만 백조와 흑조의 성격은 완전히 정반대이다. 백조는 나약하고 청순하지만, 흑조는 사악하며 강한 성격이다. 주연을 해야 하는 배우는 완전히 내면이 다른 역할을 해야 하기에 당연히 어려울 수밖에 없다. 아무나 맡을 수 있는 역이 아니다. 두 가지의 캐릭터를 완벽히 소화할 능력이 있어야만 가능하다. 발레는 영화와 달리 바로 현장에서 관람이 되는 것이기에 더욱 어렵다.

어떻게 해야 백조가 흑조가 될 수 있는 것일까? 당연히 그것은 백조가 자기 안에 가지고 있는 모든 성격을 버려야만 가능하다. 완전한 자기부정이 없고서는 백조가 흑조로 된다는 것은 어불성설이다.

그렇다면 차이코스프키는 왜 백조를 흑조로 변하게 했던 것일까? 그것은 아마도 현재의 자신의 모습을 완전히 버리고 더 나은 미래의 모습으로 발전해 나가는 것이 인간의 가장 이상적인 삶이라 생각해서가 아닐까? 또한 배우로서는 주어진 하나의 배역을 완전히 탈피하여 내면의 세계가 다른 배역의 역할을 해낼 수 있음으로 진정한 예술인의 경지로 올라설 수 있음을 보여줄 수 있는 것이 아닐까 싶다.

어떤 노력을 거쳐 백조가 흑조로 될 수 있는 것일까? 그것은 자아를 완전히 변하게 함으로써 가능할 뿐이다. 심리학적으로 말한다면 이드(Id)를 가로막고 있는 에고(Ego)를 완전히 없애야 가능하다 할 것이다.

나탈리 포트만이 주연했던 영화 '블랙 스완'은 주인공인 니나(나탈리 포트만)가 백조에서 완벽한 흑조가 되기 위한 그녀의 피맺힌 노력을 보여주고 있다. 그녀의 열망은 오직 백조에서 흑조로 완벽히 변신할 수 있는 연기가 전부였다. 그녀의 마음속에는 오직 그러한 갈망만 있었다.

그녀의 역할은 라이벌인 릴리의 등장으로 위기에 처해진다. 니나는 자신의 꿈인 백조와 흑조의 완벽한 역할을 위해 자신이 가지고 있는 모든 것을 바친다. 하지만 그녀의 열망에도 불구하고 그녀 안에 있는 무의식은 그것을 거부하기에 이른다. 괴롭고 힘들었던 니나, 자신의 옛 자아를 넘어서기 위해 그녀의 본능에 따라 움직인다. 과거를 버리기 위해 자신이 아꼈던 인형들을 내다 버리고, 술집에서 잔뜩 취하고, 더 이상 과거의 슬프고 가녀린 백조에 머무는 것을 거부한다. 마침내 그녀는 완벽히 백조에서 흑조로 변신을 하게 된다. 완전한 예술의 탄생의 기쁨을 맛본 니나, 하지만 그 대가 또한 엄청난 것일 수밖에 없었다.

우리의 삶은 얻는 것이 있으면 잃는 것도 당연히 존재하는 것이 아닐까 싶다. 우리는 모든 것을 얻을 수는 없다. 또한 우리가 원하는 것을 얻는다는 것이 삶의 정답이 아닐지도 모른다. 바라고 소원하는 것이 진정으로 의미 있고 가치가 있는 것이 아닐지도 모른다. 물론 그러한 이상의 성취가 나름대로 의미가 있기는 할 것이다. 하지만 삶은 단순히 원하는 것을 얻는 것으로 끝나는 것이 아닐 수 있다는 것을 생각해 볼 필요도 있다.

우리가 진정으로 원하는 것을 얻는 것도 의미 있지만, 그러한 과정에서 더 중요한 것을 잃을 가능성도 배제해서는 안 된다. 흑조가 되지 않는다고 하더라도 백조로서 만족하며 사는 것 또한 삶의 다른 답이 될지도 모른다.

50. 귀에 익은 그대 음성

비제의 오페라 〈진주조개잡이〉는 실론 섬을 배경으로 펼쳐지는 사랑의 삼각관계 이야기이다. 어부인 주르가와 진주 조개잡이 나디르는 아름다운 여인인 레이라를 사이에 두고 라이벌 관계에 있다.

주르가와 나디르는 라이벌 관계를 청산하고 과거에 있었던 일을 잊고 서로의 우정을 다짐한다. 그때 베일을 쓴 레일라가 바다로 나가는 사람들 앞에 나타난다. 비록 베일을 쓰고 있었지만, 나디르는 그녀가 레이라임을 금방 눈치챈다.

주르가와의 약속을 어기고 나디르는 레일라와 다시 사랑에 빠진다. 이를 알게 된 사람들은 그들을 체포하고 순결을 더럽혔다는 이유로 사형에 처해진다. 이 소식을 들은 주르가는 필사의 노력으로 두 사람을 구해낸다.

'귀에 익은 그대 음성'은 나디르가 레이라을 그리워하면서 부르는 노래이다. 아름답고 부드러운 멜로디를 듣는 순간, 나르디가 레일라에 마음을 빼앗기듯, 이 노래에 마음을 빼앗길 수밖에 없는 것 같다.

〈귀에 익은 그대 음성〉

내가 다시 들은 것 같다.
야자수 아래 숨어서 그 목소리를.
부드럽고 낭랑한 산비둘기 노래 같은.
오, 매혹적인 밤이여!
숭고한 황홀경이여!
오 매혹적인 추억이여!
광적인 취기여!
달콤한 꿈이여!
투명한 별빛 아래 그녀를 다시 본 것 같구나.
그녀의 긴 베일을 살짝 여는 달콤한 저녁 바람.
오 황홀한 밤이여!
숭고한 황홀경이여!
오 매혹적인 추억이여!
광적인 취기여!
달콤한 꿈이여!
매혹적인 추억이여!
매혹적인 추억이여!

51. 드보르작 현악 4중주 아메리카

1892년 프라하 음악원에서 학생들을 가르치던 드보르작은 뉴욕 음악원을 설립한 여성 백만장자 자네트 더버로부터 하나의 제안을 받는다. 프라하에서 받는 연봉의 거의 30배의 돈을 줄 테니 뉴욕으로 와서 학생들을 가르쳐 달라는 것이었다. 드보르작은 미국을 방문하고 싶은 마음도 있어, 프라하 음악원에 휴직을 내고 가족을 데리고 미국으로 향한다.

미국에 도착한 드보르작은 낯선 신대륙에 대해 심적으로 크게 끌리게 된다. 웅대한 미국의 대자연은 그로 하여금 새로운 음악적 영감이 떠오르는 데 있어 부족함이 없었다. 그의 교향곡 9번 '신세계로부터', 현악 4중주 '아메리카', 드보르작의 걸작은 이 시기에 탄생된다.

그의 현악 4중주 아메리카는 1893년 여름 미국 아이오와주의 스피르빌이라는 조그만 시골 동네에서 작곡되었다. 이 마을의 아름다운 경치에 감탄했던 드보르작은 지극히 아름다운 현악의 선율로 자연의 아름다움을 여실 없이 보여주었다.

드보르작은 자연을 진정으로 사랑한 순수한 음악가였다. 아름답고 소박한 숲, 맑은 물이 흐르는 강가, 그 주위를 산책하며 자연을 몸으로 직접 느꼈던 드로브작, 세상에서 가장 아름다운 것은 자연 그 자체라는 것을 그는 마음속 깊이 알고 있었다.

평화로운 자연의 품에서 모든 것을 잊은 채 마음의 휴식을 취할 수 있는 삶은 너무나 아름다운 것이 아닐까? 더 이상 바라는 것 없이, 그저 오늘 하루를 자연 속에서 살아갈 수 있다는 것만으로도 행복을 느낄 수 있는 것이 아닐까?

만약 드보르작이 미국을 방문하지 않았다면 이러한 음악을 작곡할 수 있었을까? 자연 속에서 하나가 되어 살아가는 인디언들의 모습을 보았을 때 드보르작은 자신이 살아왔던 세계와는 다른 세계를 느낄 수 있었을 것이다. 그러한 체험이 그로 하여금 새로운 음악의 세계로 이끌었던 것이 아닐까?

52. Hello

1988년 영국 북런던 토트넘에서 태어난 아델, 그녀는 어릴 적 미혼모였던 어머니 밑에서 자라났다. 그녀는 한 번도 보컬 트레이닝을 받은 적이 없었다고 한다. 어릴 적 자신이 좋아하는 가수의 음악을 들으며 혼자 노래를 불렀던 것이 전부였다. 무명에 가까웠던 그녀는 2011년 전 세계로부터 폭발적인 인기를 얻으며 가수로서의 엄청난 성공을 하게 된다.

그녀의 음악 중에 'Hello'는 사랑했던 연인의 헤어진 후의 마음을 담은 노래이다. 영혼을 위로해주는 듯한 아델의 음색은 듣는 이로 하여금 마음에 커다란 위안을 준다.

사랑했던 사이였지만 헤어지면 그만인 걸까? 아팠던 상처도 시간이 지나면 다 치유가 될 수 있는 것일까? 스쳐 지나갔던 인연이었기에 그동안 함께 했던 시간도 아무런 의미가 없어지는 것일까?

지나간 시간을 돌이켜 볼 때 그동안의 미안한 감정을 어떻게 표현해야 하는 것일까? 전화해서 그저 한마디하고 나면 그것으로 끝나는 것일까?

이제 모든 것을 잊고 잘 지내라고 한다면, 더 이상 아무 일도 없

는 것이 되어 버리는 걸까? 함께 했던 그 시간이나마 아름다운
추억으로 남을 수는 없는 것일까?

〈Hello〉

Hello, it's me
I was wondering if after all these years
you'd like to meet
To go over everything
They say that time's supposed to heal ya
But I ain't done much healing
Hello, can you hear me
I'm in California dreaming about who we used to be
When we were younger and free
I've forgotten how it felt before
the world fell at our feet
There's such a difference between us
And a million miles
Hello from the other side
I must have called a thousand times
To tell you I'm sorry for everything that I've done
But when I call you never seem to be home

Hello from the outside

At least I can say that I've tried

To tell you I'm sorry for breaking your heart

But it don't matter it clearly doesn't tear you apart anymore

Hello, how are you

It's so typical of me to talk about myself I'm sorry

I hope that you're well

Did you ever make it out of that town where nothing ever

happened

Its no secret that the both of us

Are running out of time

So hello from the other side

I must have called a thousand times

To tell you I'm sorry for everything that I've done

But when I call you never seem to be home

Hello from the outside

At least I can say that I've tried

To tell you I'm sorry for breaking your heart

But it don't matter it clearly doesn't tear you apart anymore

Highs highs highs highs

Lows lows lows lows

Highs highs highs highs

53. 바버의 현을 위한 아다지오

베트남 전쟁 영화 중 최고는 플래툰이 아닐까 싶다. 영화에서 주인공 크리스는 대학에 다니다가 베트남에 자원입대한 신참이다. 처음에는 단순한 사명감에 군인이 되었지만, 직접 전투에 뛰어들면서 전쟁이 얼마나 참혹한 것인지를 절실히 깨닫는다.

매일 계속되는 치열한 전투에서 사랑했던 전우들이 한 명씩 죽어가고, 이로 인해 대원들의 증오와 복수심은 점차 커져갈 수밖에 없었다.

그가 소속된 부대에는 번즈 중사와 엘라이어 하사가 있었는데 서로 완전히 상반된 성격이었다. 번즈는 타고난 전쟁광으로 살인을 밥 먹듯 하는 사람이었고, 엘라이어스는 휴머니스트였기에 둘은 사사건건 부딪히게 된다.

두 사람이 서로 반목하던 어느 날, 번즈는 정글 속을 혼자 걸어가고 있는 엘라이어스를 발견한다. 아무도 이를 보는 사람이 없다는 것을 안 번즈는 엘라이어스를 총으로 쏜다.

이후 베트콩의 수세에 몰린 대원들은 적의 공격을 피해 헬리콥터를 타고 주둔지를 빠져나오는데, 이때 죽은 줄만 알았던 엘라이어스가 부상당한 몸을 이끌고 필사적으로 적지를 빠져나오려고 한다.

허공을 향해 두 손을 들고 구원을 요청하는 엘라이어스, 하지만 그의 몸에 적들의 총탄이 사정없이 날아와 박힌다. 결국 그는 이국의 땅에서 장렬하게 전사한다. 이때 나오는 음악이 바로 바버의 현을 위한 아다지오이다.

조용하면서도 어딘지 모르게 풍부한 현악기의 선율이 듣는 이로 하여금 영원한 시간의 흐름 속에 존재하는 인간의 한계를 알려주는 듯한 느낌이다. 우주공간에서 마치 유영을 하는 듯한 분위기는 외롭게 이생을 마감하는 한 영혼이 마지막으로 작별의 인사를 하는 것 같다. 전쟁이라는 참혹한 현실에서 한 젊은이는 그렇게 외롭게 이생을 떠날 수밖에 없었다.

"돌아보면 우린 적이 아닌 우리 자신과 싸웠습니다. 적은 바로 우리 안에 있었지요. 전쟁은 끝났지만, 그 기억은 늘 저와 함께 할 겁니다. 엘라이어스는 번즈와 싸우며 평생 동안 제 영혼을 사로잡으려 하겠지요. 때로는 내가 그 둘을 아버지로 해서 태어난 아이라는 느낌이 듭니다. 어떻든 간에 살아남은 자에게는 그 전쟁을 다시 상기하고 우리가 배운 것을 남에게 알리며 우리의 남은 생을 바쳐 생명의 존귀함과 참 의미를 알아야 할 의무가 남아 있습니다."

크리스의 독백이 맞는 것일까? 그 수많은 전쟁이 끝이 났는데도 불구하고 우리는 무엇을 배웠던 것일까? 아무것도 배우지 못한 것이 아닐까? 지구라는 이 조그만 행성에서 전쟁은 지금도 지구 곳곳에서 일어나고 있으니 말이다.

짐노페디를 듣는 이유

정 태 성 수필집(13)   값 12,000원

초판발행 2022년 6월 1일
지 은 이 정태성
펴 낸 이 도서출판 코스모스
펴 낸 곳 도서출판 코스모스
등록번호 414-94-09586
주   소 충북 청주시 서원구 신율로 13
대표전화 043-234-7027
팩   스 050-7535-7027

ISBN 979-11-91926-26-2